Bridget Golightly &
Joan Hardcastle

Bridgets und Joans Tagebuch

Verrückt nach dem Toyboy

Bridget Golightly &
Joan Hardcastle

Bridgets und Joans Tagebuch

Verrückt nach dem Toyboy

Aus dem Englischen
von Jörn Ingwersen

MANHATTAN

Die Originalausgabe erschien 2013 unter dem Titel
»Bridget & Joan's Diary. Mad about The Toy Boy«
bei Oneworld Publications, London

»Bridgets und Joans Tagebuch – Verrückt nach dem Toyboy« ist ein eigenständiges Werk, das nichts mit den Bridget-Jones-Romanen der Autorin Helen Fielding zu tun hat.

MIX
Papier aus verantwortungsvollen Quellen
FSC® C006701

Verlagsgruppe Random House FSC® N001967
Das für dieses Buch verwendete
FSC®-zertifizierte Papier *Munken Premium Cream*
liefert Arctic Paper Munkedals AB, Schweden.

Manhattan Bücher erscheinen im
Wilhelm Goldmann Verlag, München,
einem Unternehmen der Verlagsgruppe Random House GmbH

1. Auflage
Deutsche Erstveröffentlichung Juli 2014

Umschlaggestaltung: buxdesign | München
unter Verwendung eines Konzepts von Stuart Polson
Umschlagfoto: © Reg Morrison
Illustrationen im Innenteil: © Inka Hagen
Redaktion: Martina Klüver
Satz: Uhl + Massopust, Aalen
Druck und Bindung: CPI – Ebner & Spiegel, Ulm
Printed in Germany
ISBN 978-3-442-54748-7

www.manhattan-verlag.de

Für Harry und Adrian –
Unsere beiden liebsten Toyboys

GUTE VORSÄTZE ZUM NEUEN JAHR

Bridget

WAS ICH NICHT MEHR TUN WERDE:

- Vor elf Uhr morgens Sherry trinken (außer sonntags. Tia Maria zählt nicht, denn da ist im Grunde nur Kaffee drin).
- Meine ganze Rente bereits an dem Morgen ausgeben, an dem ich sie ausgezahlt bekomme.
- Ganz so redselig sein. Stattdessen will ich lieber schweigen wie die geheimnisvolle Leinwandgöttin, die ich bin.
- Geld verschwenden an: Anti-Falten-Cremes, straffende Büstencremes, Bücher ohne Bilder, Schwangerschaftstests, Hosen, die man nicht hochgezogen kriegt, Wonderbras, Abzieh-Tattoos (im Gegensatz zu echten), Anzahlungen auf Cluburlaube für Teens und Twens.
- Ganz so experimentierfreudig mit meiner Haarfarbe sein (könnte die Herren abschrecken).
- Auf der Post so tun, als würde ich in Ohnmacht fallen, nur um mich vorzudrängeln.
- Von Pater O'Brien (oder seinen Chorknaben) träumen.

- Beim Bingo singen (stört manche Leute – keine Ahnung, wieso).
- Große Pakete beim Shopping Channel bestellen, nur damit ich mit dem Postboten flirten kann.

WAS ICH TUN WERDE:

- Die ganze Pracht meiner fünfundsechzigjährigen Fraulichkeit akzeptieren.
- Ein letztes Mal auf der Bühne stehen (um meine glänzende Theaterkarriere mit einem unvergesslichen Auftritt zu beschließen).
- Die Liebe meines Lebens finden. (Ich habe nicht die Absicht, noch einen Valentinstag mit Joan zu verbringen.)
- Mit einem Heißluftballon fliegen.
- Mit Delfinen schwimmen.
- Einen von diesen grandiosen Pink Rabbit-Cocktailmixern kaufen. So einen, wie ich ihn nachts im Teleshop gesehen habe.
- Polarlichter sehen.
- Mich tätowieren lassen (irgendwas Geschmackvolles und Subtiles wie eine kleine, weiße Rose. Oder Julio Iglesias.)
- Einfach mal losfahren, ohne zu wissen, wohin.
- Weniger Zeit mit Joan verbringen (sie muss unbedingt lernen, auf eigenen Beinen zu stehen).

Joan

WAS ICH NICHT MEHR TUN WERDE:

- Mit Bridget reden, wenn sie beim Frühstück betrunken ist.
- Bridget Geld leihen, wenn sie ihre Rente verprasst hat.
- Jedes Mal mit den Augen rollen, wenn Bridget eine dieser »wahren« Geschichten aus ihrer Vergangenheit erzählt. Zumindest nicht jedes Mal.

WAS ICH TUN WERDE:

- Mein 50 000-Teile-»Serienkiller«-Puzzle beenden.
- Mir einen Vormittag Zeit nehmen, um meinen Schrank aufzuräumen.
- Mir einen Monat Zeit nehmen, um Bridgets Schrank aufzuräumen.
- Toleranter sein, was Bridgets Singerei angeht.
- Toleranter sein, was Bridgets Tanzerei angeht.
- Toleranter sein, was Bridget angeht (obwohl ich nicht die Absicht habe, noch mal einen Valentinstag mit ihr zu verbringen).
- Jeden Morgen nachsehen, ob Bridget auch ihre Gummihosen trägt.

- Einen Bridgeabend organisieren, um Geld für einen neuen Esszimmerteppich zu beschaffen (siehe oben).
- Bridget daran erinnern, dass sie neunundachtzig ist. Täglich.
- Falls das alles scheitern sollte, mit dem Rauchen anfangen und harte Drogen nehmen.

JANUAR

Dienstag, 1. Januar

Getrunkene Tassen Tee – 23 (sehr schlecht)

Verwendete Teebeutel – 4 (sehr gut)

Toilettenbesuche – 12 (Durchschnitt)

Tja, das ist eine ganz neue Erfahrung! Das neue Jahr mit einem Tagebuch zu beginnen. (Und ohne einen Kater – nicht, dass ich mir keine Mühe gegeben hätte. Ich könnte schwören, dass Mrs Sharples, die neue Pflegeheimleiterin, den Eierlikör streckt.) Seit ich klein war, habe ich kein Tagebuch mehr geschrieben. Dieses hier habe ich von Joan geschenkt bekommen. War es nicht Oscar Wilde, der gesagt hat, jeder sollte Tagebuch schreiben, weil man auf dem stillen Örtchen immer was Spannendes zu lesen braucht?

Ich freue mich, dass Bridget tatsächlich etwas in das Tagebuch schreibt, das ich ihr zu Weihnachten geschenkt habe. Ich wusste, dass es eine gute Idee ist. Es wird Zeit, dass sie ihre Gedanken und ihr Leben ordnet. Ich wüsste gar nicht, was ich ohne mein Tagebuch machen würde. Allerdings sollte sie es nicht offen herumliegen lassen, weil dann jeder darin lesen kann. Meins schließe ich immer in mein Nachtschränkchen. Das sollte ich Bridget auch raten … obwohl, vielleicht doch lieber nicht. Man weiß ja nie. Wahrscheinlich sollte ich froh sein, dass sie überhaupt was reinschreibt.

Mittwoch, 2. Januar

Ein schöner Tag mit Joan beim Freizeit- und Beschäftigungsprogramm. Es gab ein kleines Ständchen und Fish & Chips zum Abendbrot. Mein Lieblingsessen! Schade, dass meine Zähne weg sind.

Ein schrecklicher Tag mit Bridget in der Tagespflege für Senioren. Sie wollte unbedingt singen. Musste mein Hörgerät abstellen. Habe mir einen Spaß daraus gemacht, ihre Zähne zu verstecken.

Donnerstag, 3. Januar

Ich glaube, ich werde Joan und mir ein schönes Tässchen Tee machen. Ich muss nur den Zucker finden. Und die Milch. Und die Tassen. Ich mag meinen Tee so, wie ich meine Männer mag. Stark, süß und dunkel.

Ich mag meinen Tee auch so, wie ich meine Männer mag. Noch warm.

Freitag, 4. Januar

War heute beim Winterschlussverkauf. Hat Spaß gemacht – als wäre wieder Blitzkrieg. Hab stundenlang rumgesessen und alle anderen mit meinem extralangen Kriegsschlagermedley unterhalten. Endlich hat Joan mich mal dazu ermuntert. Sie dachte wohl, durch mein Singen würde die Schlange kürzer. Als die Türen endlich aufgingen, bin ich gleich reingerannt. Joan sagt, man bräuchte eine Strategie. Sie meint, am besten legt man eine Liste von den Sachen an, die man braucht, und hält sich dann daran. Aber wo bleibt denn da der Spaß? Meiner Meinung nach sollte man den Augenblick auskosten. Ich lasse gern die Atmosphäre auf mich wirken und amüsiere mich nach Kräften. Außerdem muss ich sie immer wieder daran erinnern, dass man doch heutzutage diese kleinen Plastikkärtchen benutzen kann, sodass man eigentlich gar kein Geld ausgibt. Solche Dinger habe ich stapelweise.

Das war's. Das war das letzte Mal, dass ich mit Bridget zum Schlussverkauf gegangen bin. Es war mal wieder wie im Blitzkrieg. Bridget schoss wie eine Rakete durch den Laden und ließ eine Spur der Verwüstung hinter sich zurück. Ich habe ihr erklärt, dass man so etwas planmäßig angehen muss, aber hört sie auf mich? Gott weiß, was sie alles gekauft hat. Und was das kostet! Ich dagegen habe mich auf einen einzigen Artikel beschränkt: eine hübsche, praktische Strickjacke, wie Gloria Hunniford sie in dieser Werbung für Lebensversicherungen trägt. Nur ohne den kostenlosen Kugelschreiber.

Samstag, 5. Januar

Heute ist Dreikönigstag. Alle anderen behaupten, es sei erst morgen – hat irgendwas mit Jesus zu tun. Als ich klein war, haben wir den Weihnachtsschmuck immer am Fünften abgenommen, und bei so was darf man nicht nachlässig sein. Gut, wenn mir keiner helfen will, werde ich es wohl allein machen müssen. So wie ich auch die übrig gebliebenen Schokoladenkugeln allein aufessen muss. Das ist der Preis, den ich zu zahlen habe.

18:30 Uhr. Bridget hat sich in den Kopf gesetzt, dass wir heute den Weihnachtsschmuck abnehmen müssen, weil wir sonst zur Hölle fahren. Es hat keinen Sinn, mit ihr zu diskutieren, wenn sie in dieser Stimmung ist, also habe ich mir um des lieben Friedens willen Mr Goochs ausziehbare Leiter geliehen. Ich bin mir nicht ganz sicher, wozu er eine ausziehbare Leiter braucht. Oder auch diese Nachtsichtbrille. Er behauptet, er sei bei der Bürgerwehr in unserem Viertel, aber aus wohlinformierter Quelle weiß ich, dass er letztes Jahr seines Dienstes enthoben wurde, weil er ein »etwas zu scharfer Beobachter« war. Jedenfalls habe ich Bridget nur fünf Minuten den Rücken zugekehrt, da stand sie schon in ihrem Chiffon-Nachthemd mit karierten Pantoffeln auf dem Fensterbrett und versuchte, das eine Ende eines Lamettastrangs zu erwischen, wobei sie wackelte wie ein Pudding. Zum Glück war Pater O'Brien im Haus, um Mrs Mountjoy die letzte Ölung zu geben, also habe ich ihn gebeten, Bridget im Auge zu behalten, während ich eine Daunendecke besorgte, um sie damit aufzufangen. Schließlich gelang es mir, ein extragroßes Exemplar aufzutreiben, und ich ging in Stellung …

Sonntag, 6. Januar

War heute bei Joan im Krankenhaus. Habe ihr ein paar Sachen mitgebracht, um sie aufzuheitern.

Weintrauben – 1

Energydrink – 1 Flasche

Mach Mal Pause-*Zeitschrift – 1*

Joans Dank dafür – null

Sachen, die Bridget mir mitgebracht hat, um mich »aufzuheitern«:

Weintrauben – null (Bridget hat sie alle aufgegessen)

Energydrink – 1 Schluck (Bridget hat den Rest getrunken)

Mach Mal Pause-*Zeitschrift – 1 (ich bevorzuge* Trabrennen Aktuell*)*

Bridgets Flirts mit dem Arzt – 5

Montag, 7. Januar

Joan wurde heute aus dem Krankenhaus entlassen, also habe ich mir extra einen Willkommenstanz für sie ausgedacht. Frei nach Gypsy Rose Lee. Sie war so überwältigt, dass sie sich hinlegen musste.

Die anderen Bewohner waren nicht sonderlich begeistert, als sie Bridget in Unterhosen durch den Gemeinschaftsraum tanzen sahen. Ich dachte, sie hätte einen hysterischen Anfall. Deshalb habe ich ihr eine geklebt.

Dienstag, 8. Januar

Als ich heute Morgen aufwachte, war die Welt draußen ein verzaubertes Winterwunderland! Ich war so aufgeregt, dass ich nach dem Frühstück gleich raus in den Garten bin. Ich werde eine Schneeskulptur von Joan bauen, um ihr zu zeigen, was mir ihre Freundschaft bedeutet.

Temperatur – belebend!

Unterhemd – mit Spitze

Strickjacken – null (zu trutschig)

Spaß – 10/10 (sehr gut)

Eben hat Bridget meinen Teppich mit Schneematsch eingesaut. Sie meinte, sie wollte eine »Schnee-Joan« bauen, doch draußen läge nicht genug Schnee. Ich sagte, sie würde einen hübschen Schnee-Engel abgeben. Sie bräuchte sich nur hinzulegen und darauf zu warten, dass die Unterkühlung einsetzte.

Temperatur – 2 Grad minus (28,4 Grad Fahrenheit)

Unterhemd – Thermo

Strickjacken – mehrere

Spaß – 3 minus

Mittwoch, 9. Januar

Heute gab es zum Abendbrot für mich nur ein Scheibchen Toast. Ich liebe Cottage Pie, aber in letzter Zeit scheine ich davon die Renneritis zu bekommen, also hat Joan meine Portion gegessen.

Arme Bridget. Sie glaubt, von Cottage Pie bekäme sie Durchfall. Sie ahnt nicht, dass ich ihr Abführmittel in den Tee getan habe. Manchmal muss man jemanden zu seinem Glück zwingen.

Donnerstag, 10. Januar

Habe mit Joan einen hübschen, kleinen Ausflug zum Supermarkt gemacht.

Sherry – 5 Flaschen

Extrafeine Belgische Schokomakronen – 4 Schachteln

Stürze in die Tiefkühltruhe – 3

Habe mit Bridget einen stressigen Ausflug zum Supermarkt gemacht.

Teebeutel – 160

Kekse mit Vanillecremefüllung – 1 Packung

Von Bridgets Einkaufswagen umgekippte Auslagen – 3

Anzahl der Waren, für die Bridget an der »Expresskasse für sechs Waren oder weniger« zu bezahlen versuchte – 38

Anzahl der Pennys, mit denen Bridget den Einkauf bezahlt hat – 649

Anzahl der Rettungen Bridgets aus der Tiefkühltruhe – 2

Freitag, 11. Januar

Heute wird der arme Mr Sargent beerdigt. Ein schwerer Schlag. Eben ist er noch ein kraftstrotzender, potenter, medikamentös unterstützter Gentleman, und im nächsten Augenblick ist er starr und steif am ganzen Leib. Sie glauben, es war sein Herz. Somit bleibt jetzt nur noch Mr Gooch. Da ist für eine Frau in der Blüte ihrer Jahre nicht viel zu holen. Das Einzige, was in seinem Blick noch blitzt, ist sein Astigmatismus. Wenigstens freut sich Joan. Von allen gesellschaftlichen Ereignissen sind ihr die Beerdigungen am liebsten. Und sie muss sich dafür nicht mal ein neues Kleid kaufen. Ihre sind sowieso alle schwarz.

Verzehrte Schinken-Sandwiches – 2

Sherrys, klein – 1

Komplimente für mein fröhliches, rotes Kleid – 3

Heute früh war Mr Sargents Beerdigung. Für eine anständige Beerdigung bin ich immer zu haben. Da gibt es wenigstens vernünftige Sandwiches. Der arme Mann wäre hundert geworden – wenn er noch zwölf Jahre gelebt hätte. Offenbar wollte er dort verstreut werden, wo er seine glücklichsten Momente verlebt hat – aber Bridget war nicht sonderlich erpicht darauf, Asche in ihr Bett streuen zu lassen.

Von Bridget verzehrte Schinken-Sandwiches – 11

Von Bridget getrunkene Sherrys – 8

Vorwurfsvolle Blicke auf Bridgets rotes Kleid – diverse

Sonntag, 13. Januar

Ein traumhafter Tag. Ich weiß nicht genau, wo ich bin, aber ich fühle mich, als wäre ich meilenweit gelaufen! Die arme Joan kommt bestimmt kaum hinterher – ich frage mich, wo sie wohl geblieben ist. Ach, na ja, ich sollte lieber weitergehen …

Ein traumhafter Tag. Ich genieße ein selten friedliches Sonntagsmahl im Pig & Whistle. Ich darf nur nicht vergessen, Bridget bei IKEA abzuholen, wenn ich fertig bin.

Dienstag, 15. Januar

Schöner Tag. Habe Joan mein Sparklub-Geld gegeben, damit sie es für Weihnachten auf dem Postamt einzahlt. Frühstücksfleisch und Reispudding zum Abendbrot.

Schöner Tag. Habe mir von Bridgets Sparklub-Geld ein Rubbellos gekauft und neunzig Pfund gewonnen. Hummer und Champagner zum Abendbrot.

Freitag, 18. Januar

Habe mich heute Morgen untersuchen lassen. Joan bestand darauf mitzukommen, obwohl ich in medizinischen Angelegenheiten die Ruhe selbst bin. Ich musste sie mitnehmen – die Ärmste weiß nie was mit sich anzufangen. Heute war ich bei einem neuen Arzt: Dr. Turnbull. Er ist der fünfte in ebenso vielen Wochen. Anscheinend bin ich so beliebt, dass sie alle ihr Glück bei mir versuchen wollen! Jedenfalls hat der neue eine traumhaft beruhigende Stimme und ausgesprochen muskulöse Unterarme. Er meinte, ich bräuchte mir keine Sorgen zu machen. Abgesehen von meiner erblich schwachen Blase, ist mein Körper offenbar nur halb so alt wie ich. Eigentlich sollte es mich nicht überraschen – das ganze Training für Olympia musste sich ja irgendwie auszahlen. Wäre Joan nur auch so fit. Trotz ihrer Masse ist sie doch eher schwächlich, die Gute.

Bridget flehte mich an, sie zum Arzt zu begleiten. Ich weiß gar nicht, warum sie sich solche Sorgen macht. Immer wieder sage ich ihr: Die haben mehr Angst vor ihr als sie vor denen. Im wahrsten Sinne des Wortes. Dr. Aziz musste wegen seiner Nerven vorzeitig in Rente, und Dr. Hardiman brauchte nach ihrem letzten Besuch sicherheitshalber eine Tetanusspritze. Auch nach der heutigen, gründlichen Untersuchung sagte der Arzt, eine Frau in ihrem Alter bräuchte mehr körperliche Betätigung, also habe ich mich entschlossen, ihr zu helfen – und ihren Kleiderschrank vor die Toilettentür geschoben.

Samstag, 19. Januar

Ich könnte mich zur Abwechslung gut mal wieder an einem Samstagabend amüsieren gehen, also habe ich Joan vorgeschlagen, dass wir losziehen und ein paar nette Herren aufgabeln, um mit denen ein bisschen die Gegend unsicher zu machen.

Gegen etwas Amüsement hätte ich nichts einzuwenden, aber – wie ich auch Bridget bereits gesagt habe – selbst wenn wir ein paar nette Herren aufgabeln könnten, würden sie doch im Leben nicht mit auf unsere Elektromobile passen.

Sonntag, 20. Januar

Hatte mich so aufs Sonntags-Bingo gefreut. Normalerweise gehe ich mit Joan, aber anscheinend hat sie heute vergessen, an meine Tür zu klopfen.

Habe es endlich mal geschafft, mich ohne Bridget zum Bingo zu schleichen. Ich hätte eigentlich nichts dagegen, dass sie mitkommt, aber wenn wir zusammen den Raum betreten, ruft der Ansager immer »Zwei dicke Damen«, womit er eigentlich zwei Achten meint, aber Bridget antwortet jedes Mal: »Eigentlich nur anderthalb«, und dann schließt sie mich ach so liebevoll in die Arme und tut, als könnte sie mich nicht umfassen.

Mittwoch, 23. Januar

War heute Nachmittag in der Tagespflege für Senioren. Hatte viel Spaß im Kunstkurs. Die meinten, sie hätten keinen Platz mehr frei, doch ich konnte sie überreden, mich noch mit aufzunehmen. Ich konnte sogar Joan überreden mitzukommen. Sie tat, als wollte sie nicht, aber ich weiß, wie sehr sie es genossen hat. Sie ist kein so kreativer Mensch wie ich, also habe ich sie lieber bei einem praktischen Kursus angemeldet – Wartung von Elektromobilen.

Der Nachmittag in der Tagespflege war ein Horror. Bridget ist einfach in den Aktmalkurs reingeplatzt. Ich hatte ihr gesagt, dass die schon ein Modell haben, aber bevor ich sie aufhalten konnte, saß sie bereits breitbeinig auf dem Sockel, mit ihrem Polyester-Kleid um die Füße und einer Handvoll Gummiweintrauben, um ihre Scham zu bedecken. Die bräuchten dringend größere Trauben.

Freitag, 25. Januar

Meine Güte, bin ich erschöpft! Ich muss mich unbedingt hinlegen. Mir ist, als wäre ich den ganzen Tag die Treppen rauf und runter.

Arme Bridget. Irgendwer hat aus Versehen die Fernbedienung für den Fernseher mit der vom Treppenlift vertauscht. Wer das wohl war …

Mittwoch, 30. Januar

So gegen zwei. Ich kann kaum an mich halten – heute ist Theatertag! Mein Lieblingsstück: *Jack und der Bohnenstängel!* Joan ist auch schon ganz aufgeregt, obwohl sie es gut verbirgt. Ich kann es kaum erwarten, dass das Orchester loslegt und sich der Feuerschutzvorhang hebt. (Ich weiß gar nicht, wieso sie den immer noch haben, wo doch das Rauchen im Theater inzwischen sowieso verboten ist. Muss wohl Tradition sein.) Ich frage mich, ob Brendan O'Bannon wohl den Rentierpulli trägt, den ich ihm geschickt habe. Bestimmt tut er das. Er ist so ein netter, junger Mann. Ich weiß gar nicht, wie viele signierte Fotos er mir schon geschickt haben muss.

14:17 Uhr. Ich kann nicht glauben, dass ich mich von Bridget habe überreden lassen mitzukommen. Wenn ich irgendetwas nicht ertragen kann, dann ist es erzwungene Heiterkeit. Wenn der liebe Gott gewollt hätte, dass wir heiter sind, dann hätte er uns einen Grund gegeben, heiter zu sein. Natürlich ist Bridget mal wieder völlig aus dem Häuschen. Kaum zu glauben, dass sie selbst vierzig Jahre lang auf der Bühne gestanden hat. Falls es denn stimmt. Sie wiegt sich auf ihrem Sitz vor und zurück und murmelt irgendwas davon, dass jetzt ihre letzte Chance sei. Ich habe ihr gesagt, dann hätte sie eben auf die Toilette gehen sollen, als wir noch zu Haue waren.

Abend. Vom Theater zurück. Versuche immer noch, das alles zu begreifen. Ich kann es nicht fassen – Brendan O'Bannon hat MEINEN Pulli getragen! UND er hat mich auf die Bühne gebeten, um das gemeinsame Singen anzustimmen! Na ja … eigentlich suchte er mehrere Freiwillige. Ich weiß wirklich nicht, was mit den Kindern heutzutage los ist. Für sie scheint es der Mühe nicht wert zu sein. Ich jedenfalls habe es getan. Ich habe meinen ersten guten Vorsatz für das neue Jahr gleich in die Tat umgesetzt. Und wenn ich so sagen darf: Die Bühne stand in Flammen.

19:30 Uhr. Vom Theater zurück. Versuche immer noch, das alles zu begreifen. Eben sucht Jack noch Freiwillige, die ihm bei irgend so einem Lied helfen sollen, schon steht Bridget neben ihm, und diverse Kleinkinder liegen niedergestreckt hinter ihr im Gang. Ich erinnere mich noch an eine Strophe von »If You're Happy and You Know It«, als plötzlich Jacks Pulli aufleuchtete wie die Blackpool Illumi-

nations, dann der überraschte Ausdruck auf Jacks Gesicht, als sein Pulli Feuer fing und das Publikum aufstöhnte, weil er die Kuhmimen umrempelte. Danach ist alles irgendwie verschwommen …

Donnerstag, 31. Januar

Abschließende Theaterinventur

Teilverluste:

- *Kinder (von Bridget niedergetrampelt) – 12*
- *Theaterkuh (vordere Hälfte) – 1*
- *Beliebter irischer Entertainer – 1*
- *Theaterkuh (hintere Hälfte) – 1*
- *Pfefferminzpastillen – 5*

Totalverluste:

- *Bohnenstängel – 1*
- *Denkmalgeschützte Theaterdecke aus dem 18. Jahrhundert – 1*

Feuerwehrwagen – 6

Unterhaltungswert – 10

FEBRUAR

Freitag, 1. Februar

Es scheint ein spannender Monat zu werden. Mrs Sharples führt alle möglichen neuen Aktivitäten ein. Offenbar bekommen wir ein Scrabble-Brett, ein Schachspiel, eine Kiste Dominosteine und einen von diesen schicken, neuen Computern. Sie sagt, es sei sehr wichtig, dass wir in unserem Alter geistig und körperlich aktiv bleiben. Sie hat sogar einen von diesen neuen Paganini-Machern in den Gemeinschaftsraum gestellt. Ich hoffe, sie erwartet nicht von uns, dass wir unsere Sandwiches jetzt auch noch selber schmieren.

Bridget ist ganz aufgeregt wegen dieser neuen Aktivitäten, obwohl sie nicht ganz sicher ist, wozu wir einen Computer brauchen. Ich habe ihr erklärt, dass Pflegeheime oft Computerspiele einsetzen, damit ihre Bewohner körperlich aktiv bleiben. Deshalb riechen alte Leute nach Wii.

Samstag, 2. Februar

Eben hat Bridget mich gebeten, ihr mit diesem neuen Panini-Maker zu helfen. Sie meinte, sie hätte das Ding vor zwei Stunden angestellt, aber es sei immer noch nur lauwarm. Nach eingehender Überprüfung habe ich eine halb geschmolzene Scheibe Emmentaler abgekratzt und Bridget darüber in Kenntnis gesetzt, dass das der Notebook-Computer war.

Donnerstag, 7. Februar

Eigentlich habe ich nur ein einziges Laster. Ich nehme morgens gern Vanillecreme in meinen Tee.

Eigentlich habe ich nur ein einziges Laster. Ich stehe gern in überfüllten Bussen, in der Hoffnung, dass mich jemand unsittlich berührt.

Montag, 11. Februar

Mrs Sharples hat uns alle einer Testreihe unterzogen, um die Effektivität ihrer neuen Methoden zu überprüfen.

Meine Ergebnisse:

Gedächtnistest – 94 %

Reflextest – 0,7 Sekunden

Logiktest – 100 %

Habe Mrs Shaples' Tests heute Morgen sehr genossen. Ich weiß nicht, wie ich abgeschnitten habe, aber bestimmt war ich besser als Joan.

Meine Ergebnisse:

Gedächtnistest – 23 %

Reflextest – halbe Stunde

Logiktest – 0 %

Donnerstag, 12. Februar

Bin schon ganz nervös wegen des Pfannkuchen-Turniers heute! Ich wollte eigentlich gar nicht teilnehmen, da ich Joan in den letzten vier Jahren noch jedes Mal den Rang abgelaufen habe und der armen, alten Dickmamsell nun auch mal eine Chance lassen sollte. Eigentlich müsste man doch meinen, dass Joan für den Pfannkuchen-Wendewurf perfekt gebaut wäre, mit ihren klobigen Handgelenken wie ein Hafenarbeiter – meine sind so schrecklich zart und fein und feminin. Es ist gar nicht so, dass ich immer gewinnen muss, aber am Ende bestand sie darauf, dass ich meinen Titel verteidige, also habe ich nachgegeben. Wahrscheinlich werde ich sie gewinnen lassen. Allerdings will ich ja auch die Zuschauer nicht enttäuschen, nachdem ich es letztes Jahr bis in die landesweiten Nachrichten geschafft habe! Ich habe sogar etwas geübt, ein paar Fingerübungen gemacht sozusagen. Mr Gooch meint, es muss aus dem Handgelenk kommen, und er hat mir geholfen, an meiner Schütteltechnik zu feilen.

Verwendete Eier – 3

Mehl – 125 g

Milch – Viertelliter

Fertige Pfannkuchen – 6

Erfolgreich gewendete Pfannkuchen – 6

Ich habe richtig Angst vor dem Pfannkuchen-Turnier heute, besonders wenn es wieder so wird wie im letzten Jahr, als Bridget es fertiggebracht hat, den Teig über die Zuschauer zu kippen, und dann rempelnd und um sich tretend sämtliche Bewohner zu Fall brachte, die ihr im Weg standen. Fünf arme Seelen mussten mit erheblichen Verletzungen in die Notaufnahme gebracht werden, und Mrs Dibbys Herzschrittmacher blieb zweimal stehen (auch wenn sich später herausstellte, dass nur die Batterien gewechselt werden mussten). Es kam sogar in den landesweiten Nachrichten – »Das Pfannkuchen-Massaker«. Allerdings wollte sie immer schon gewinnen, unsere Bridget. Als Kind hat sie mir jedes Mal auf die Finger getreten, wenn ich einen Handstand machte. Sie hat mit Mr Gooch trainiert, als wäre Schütteln eine olympische Disziplin, was es für ihn vermutlich auch ist. Gott weiß, wie viel Pfannkuchenteig die beiden vergeudet haben. Wie ich Bridget erklären musste, geht es am Fastnachtsdienstag darum, Mehl, Eier und Milch aufzubrauchen, bevor die Fastenzeit beginnt, und nicht, mit Panikkäufen große Mengen davon anzuhäufen!

Von Bridget verwendete Eier – 4 Dutzend

Mehl – 3 Pfund

Milch – 2 ½ Liter

Fertige Pfannkuchen – 48

Heruntergefallene Pfannkuchen – 21

An der Decke klebende Pfannkuchen – 27

Liter Dispersionsfarbe für neuen Küchenanstrich – 64

Mittwoch, 13. Februar

Zehn Uhr. Ich habe nicht die Absicht, noch einen Valentinstag mit Joan zu verbringen, also greife ich zu extremen Mitteln: Ich werde mein kleines, schwarzes Büchlein suchen. Es mag ja sein, dass ich es seit 1963 nicht mehr benutzt habe, aber ich weiß noch, dass da ein paar stattliche Burschen drinstanden, die sicher liebend gern einen romantischen Abend mit einer gewissen blonden Sexbombe verbringen würden. Ich erwarte spektakuläre Ergebnisse.

Ergebnisse:

Weggezogen – 23

Verheiratet – 16

Verstorben – 19

Bettlägerig – 2

An diesem Abend beschäftigt – 12

Ausgewandert – 2

Priester geworden – 3

Nicht ans Telefon gegangen – 5

Ans Telefon gegangen, aber schnell wieder aufgelegt – 7

Vermisst, vermutlich ertrunken – 25

Halb zwölf. Oje, anscheinend habe ich Joan am Valentinstag nun doch wieder am Hals. Na gut, wahrscheinlich sollte ich das Beste draus machen. Hauptsache ich muss nicht zu Hause sitzen und Mr Gooch dabei zusehen, wie er sein Gemächt zurechtrückt. Ich werde uns mal einen Tisch bestellen …

11:36 Uhr. Oje, anscheinend habe ich Bridget am Valentinstag nun doch wieder am Hals. Und das, nachdem ich ihr zwei Stunden geholfen hatte, ihr »kleines« schwarzes Büchlein zu finden. Ich kann nur hoffen, dass sie nichts allzu Kuscheliges reserviert …

Zwei Uhr. Habe doch noch ein Restaurant gefunden, das einen Tisch frei hat. Es war nicht leicht, so kurz vorm Valentinstag. Ich musste Joan versprechen, nichts Romantisches zu wählen, und ich weiß, dass sie einen Sinn für ungewöhnliche Speisen hat. Ich glaube, diesmal habe ich mich selbst übertroffen. In den Gelben Seiten habe ich ein libysches Restaurant gefunden – das sollte ganz nach ihrem Geschmack sein. Und ich habe bei der Reservierung klargestellt, dass wir zwei Frauen sind, damit es da kein Missverständnis gibt – selbst wenn Joan vergisst, sich zu rasieren.

Donnerstag, 14. Februar

Elf Uhr. Was für ein bezaubernder Abend! Was für ein entzückendes Restaurant! Dieser junge, südländische Kellner mit der engen Hose hat definitiv ein Auge auf mich geworfen. Wäre ich doch nur zwei, drei Jahre jünger! Und obwohl er sich in irgend so einer hübschen, fremden Sprache an mich wandte, machte das doch nichts aus, denn er sprach die internationale Sprache der Liebe.

23:12 Uhr. Was für ein bizarrer Abend. Das Restaurant war so dunkel, dass man kaum die Hand vor Augen sah. Zum Glück konnte ich mich mit dem Kellner einigermaßen verständigen, sonst hätte ich Bridget den ganzen Abend zuhören müssen. Mein Italienisch ist etwas wacklig, aber das machte nichts, denn er sprach die internationale Sprache des Fußballs.

Dennoch war das Ganze extrem unangenehm. Verstreute Rosenblätter im Überfluss, Zigeunergeiger und erotische Baguettes konnten nur wenig zu meiner Beruhigung beitragen. Doch als der Oberkellner uns mit großer Geste persönlich begrüßte, wurde mir alles klar.

»Guten Abend, meine Damen und Damen. Willkommen zu unserem ganz speziellen Valentinstagsdinner. Wir hoffen, Sie werden einen fürwahr unvergesslich romantischen Abend in der Casa DeGeneres verleben!«

Ich muss wirklich so bald wie möglich mit Bridget zum Augenarzt. Von wegen libysches Restaurant! Es war ein lesbisches Restaurant! Und die Lage wurde auch keinen Deut besser dadurch, dass Bridget als Vorspeise Austern bestellte, und eine Schüssel Spaghetti für uns beide, damit wir essen konnten wie Susi und Strolch. Nie wieder!

Sonntag, 17. Februar

Am Frühstückstisch gibt es kein Entrinnen vor Alf und Irene Potter, diesem selbstgefälligen Ehepaar. Wie üblich nörgeln die beiden an meinem Familienstand herum und protzen damit, wie stolz sie darauf sind, das einzige Pärchen im ganzen Heim zu sein, und dass wir anderen mal in die Puschen kommen und uns einen Partner suchen sollen, weil »unsere Uhr tickt und wir demnächst jemanden brauchen werden, der unseren Rollstuhl schiebt und uns den Sabber vom Kinn wischt. Und wir wollen doch nicht als arme, einsame Schachteln enden, die sich nur noch auf den Tod freuen können.« Am Ende ging ich lieber auf mein Zimmer und ließ die beiden allein, damit sie sich weiter anschreien und Becher mit heißem Tee an den Kopf werfen konnten.

Montag, 18. Februar

Ich muss sagen, dieses Internet-Dingsbums ist schon erstaunlich! Joan hat es mir auf dem Notebook-Computer vorgeführt. Sie meinte, es könnte mich vielleicht vor Dummheiten bewahren. Frechheit! Mir war nicht klar, dass man damit Briefe verschicken kann – ohne Briefmarke!

Habe Bridget geholfen, ein E-Mail-Konto einzurichten. Ich dachte mir, so kann sie den ganzen Tag lang den Rest der Welt belästigen und lässt mich in Ruhe. Es dauerte etwas, bis sie damit zurechtkam. Habe eben kurz reingeschaut, um nachzusehen, wie es ihr ging, und musste ein halbes Dutzend Briefmarken vom Computerbildschirm kratzen.

Dienstag, 19. Februar

Habe gerade einen zauberhaften Abend in der Bücherei verbracht. An einem kalten Tag wie heute kann man sich da wunderbar aufwärmen.

Habe gerade einen Anruf bekommen, dass ich Bridget aus der Bücherei abholen soll. Scheinbar gibt es da irgendwelche Vorschriften, dass man keine Bücher verbrennen darf.

Mittwoch, 20. Februar

Eine Beinahe-Katastrophe – fast wären wir ohne unsere Stöcke losgegangen. Wir brauchen sie nicht zum Gehen, nur um damit kleine Kinder zu pieksen.

Donnerstag, 21. Februar

Ich glaube, langsam komme ich mit diesem E-Mail-Dings klar. Ich habe allen meinen Freunden und Verwandten Briefe geschickt. Noch habe ich keine zurückbekommen, aber vielleicht haben sie sie ja nicht ausreichend frankiert.

Freitag, 22. Februar

Hurra! Ich habe meine erste E-Mail bekommen. Von einem Verwandten – wer hätte gedacht, dass ich mit jemandem aus dem nigerianischen Königshaus verwandt bin? Und was für ein netter Mann das ist, der liebe Onkel Adetokunbo. Er schreibt sogar, er will mir eine Million Pfund schicken. Kann man es fassen? Ich soll ihm nur tausend Pfund überweisen, für irgendwelche rechtlichen Unterlagen oder so was, dann schickt er mir die Million per Postanweisung. Ich glaube, ich lege ihm noch einen von meinen Pullis dazu – er soll nicht denken, dass ich ihn ausnutzen will.

Samstag, 23. Februar

War heute in einem Laden zum Zähneweißen. Joan hat mir ganz merkwürdige Blicke zugeworfen – wahrscheinlich ist sie neidisch auf mein neues Lächeln!

Bin mir nicht sicher, was Bridget heute getrieben hat, aber sie hat ein fremdes Gebiss im Mund.

Sonntag, 24. Februar

Habe eben zum ersten Mal etwas gegoogelt! Offenbar kann man damit alles rausfinden, was man will. Joan hat mir gezeigt, wie es geht – sie sagt, es ist, als würde ich ihr eine Frage stellen, ohne sie dafür mitten in der Nacht zu wecken. Ich muss schon sagen, es ist wirklich beeindruckend – genau wie ein Computer! Ich wollte immer schon mal wissen, ob es nicht eine zeitsparendere Möglichkeit gibt, seine Stiefel zu polieren. Ich musste nur die Worte »schneller wichsen« eintippen und bekam gleich über sechs Millionen Ergebnisse. Bei den meisten war ich mir nicht so sicher, aber am Ende habe ich gefunden, wonach ich suchte …

Montag, 25. Februar

Schinkensalat zum Abendbrot. Seit Mrs Sharples bei diesem neuen Lieferservice bestellt, sind die Scheiben so hauchdünn, dass man das Muster vom Teller erkennen kann!

Schinkensalat zum Abendbrot. Kein Wunder, dass Bridget das Muster vom Teller sieht. Habe ihren Schinken gegessen.

Dienstag, 26. Februar

Ich habe mit Bridget gesprochen. Sie sagt, langsam spürt sie die Kälte immer mehr. Vielleicht sollte ich sie für ein paar Stunden reinlassen.

Donnerstag, 28. Februar

Halb zwei. Heute kam eine neue Bewohnerin – Enid. Etwas still. Ich gehe davon aus, dass sie nur schüchtern ist. Sie braucht jemanden wie mich, der sie aufheitert. Ich weiß, was hilft: mein kleines Kriegsschlagermedley. Das heitert die Leute doch jedes Mal auf.

13:32 Uhr. Heute kam eine neue Bewohnerin. Habe mir ihre Akte angesehen, als Mrs Sharples nicht im Büro war. Offensichtlich ist sie selbstmordgefährdet – sie hat sich nie davon erholt, dass ihr Mann – Cliff – im Krieg gefallen ist. Der arme Kerl stürzte direkt vor der Küste von Dover aus einem Luftschiff. Da stand, er war kalkweiß, als man ihn aus dem Wasser zog. Im letzten Heim hat sie sechsunddreißig Mal versucht, sich umzubringen. Man war der Ansicht, ein kleiner Tapetenwechsel würde ihr guttun. Kann mir nicht vorstellen, dass dieser Laden der armen Frau guttun wird – besonders wenn Bridget anfängt zu singen.

Halb neun. Enid ist immer noch sehr still, obwohl ich gesungen habe. Trotzdem gebe ich nicht auf, bis sie sich ein Lächeln abringt. Ich weiß, ich singe ihr mein absolutes Lieblingslied: »The White Cliffs of Dover«.

MÄRZ

Freitag, 1. März

Hurra! Mrs Sharples hat für diesen Monat wieder ein spannendes Projekt angekündigt. Sie möchte, dass wir unsere Kriegserinnerungen im Film festhalten, um unser Langzeitgedächtnis anzuregen. Joan ist nicht gerade scharf darauf, aber ich finde die Idee wundervoll. Ich habe mich als Kamerafrau und Regisseurin angeboten. Oscars, ich komme!

Montag, 4. März

Ein schöner Tag voller Erinnerungen an die amerikanischen Soldaten, die wir während des Krieges kennengelernt haben. Alle standen sie Schlange, um mit mir den Jitterbug zu tanzen. Joan war grün vor Neid. Sie meinte immer, die Typen seien überbezahlt, überbewertet und insgesamt über.

Bridget hat im Krieg nie mit irgendwelchen Amerikanern Jitterbug getanzt. Sie war immer in meiner Nähe – saß bei den Toiletten und hat sich im Handjive geübt.

Mittwoch, 6. März

Während des Krieges ein Mädchen vom Lande zu sein war zauberhaft. Im Sonnenschein Erdbeeren pflücken. Mit feschen, jungen Bauern lachen. Die Tische randvoll mit Schweinepasteten, selbst gebackenem Brot und frischer Butter. Mit gutaussehenden Amerikanern die Nächte durchtanzen – und danach ab ins Heu.

Während des Krieges ein Mädchen vom Lande zu sein war mörderisch. Im Regen Kuhmist schaufeln. Von zahnlosen, alten Bauern in den Hintern gekniffen werden. Immer nur trockenes Brot und eingelegte Zwiebeln essen. Polkatanzen mit Bridget im Kuhstall und lesbische Experimente im Heu.

Freitag, 8. März

Es wird immer besser. Offenbar kann ich meine Filme direkt in den Computer geben, und dann kann jeder auf der Welt sie sehen. Mr Gooch hat mir gezeigt, wie es geht – er sagt, er stellt seine eigenen Filme ständig in dieses Internet-Dingsbums. Er schlug vor, meine bei etwas reinzustellen, das sich YouTube nennt (obwohl er es selbst nicht benutzt). Ich habe ihn gefragt, wieso er seine Filme da nicht reinstellt, aber er meinte nur, sie seien für ein spezielleres Publikum gedacht. Nun, soll mir recht sein. Je mehr Leute meine Meisterwerke sehen, desto besser. Das dürfte Joan die lange Nase zeigen!

Kann nirgendwo mehr hingehen, ohne dass Bridget mir diese verdammte Kamera ins Gesicht hält. Ich habe ihr gesagt, wenn sie mich schon filmen muss, dann am besten von links, sonst wirkt meine Nase so lang.

Samstag, 9. März

Eben habe ich meinen allerersten Film in dieses YouTube-Dings gestellt. Joan und ich plaudern eigentlich nur über die Rationierungsmaßnahmen, während sie ihren Tee trinkt, aber wir haben jetzt schon eine Million Zuschauer!

Ich begreife nicht, warum so viele Leute Bridgets langweiliges Video sehen wollen. Könnte es am Titel liegen, den sie ihm gegeben hat – »Zwei alte Damen, eine Wurst«?

Mittwoch, 13. März

Habe mich gemeinsam mit Joan an das Kriegsende erinnert. Den Victory-over-Japan-Day werde ich nie vergessen. Ich war das junge Mädchen auf diesem berühmten Foto, wankend vor Liebe und Verzückung in den Armen eines Matrosen in New York.

Den Victory-over-Japan-Day werde ich nie vergessen. Bridget wankend vor Portwein mit Zitronenbrause in den Armen eines Gastwirts in York.

Freitag, 15. März

Der nächste YouTube-Hit! Drei Millionen Menschen haben meinen Film über Joan auf dieser alten Rolltreppe gesehen, die dringend mal geölt werden müsste – »Bei Joan flutscht's auch ungefettet«. Mr Gooch meinte, ich breite mich aus wie ein Virus. Ich habe ihm gesagt, er soll nicht immer so eklig sein.

Samstag, 16. März

Ein Wunder! Ich konnte Joan überreden, samstagabends mal mit mir auszugehen. Ein nobler Laden: gemütliche Sofas und den ganzen Abend Cocktails zum halben Preis! Joan nahm einen »Long Island Nice Cup of Tea«, und ich entschied mich für einen »Slow Walk on the Beach«.

Ein Horror! Klebriges Linoleum, ekelhafte Drinks, und Bridget hat jeden einzelnen der jungen Männer in diesem Laden angebaggert. Nie wieder gehe ich zu so einem »Fisch sucht Enkel«-Abend!

Sonntag, 17. März

Heute kamen Joans Enkelkinder wieder zu Besuch. Ich weiß gar nicht, wieso sie denen eigentlich immer aus dem Weg geht. Ich finde sie ganz reizend. Sie nennen mich Nanna Bridget und freuen sich immer schrecklich, mich zu sehen. Sie spielen mir ihre Musik auf ihren kleinen iPods vor – Sacha hört gern Gangster-Rap, und Shane steht auf Death Metal. Und auch ihre Eltern sind wirklich nett. Joans Sohn Philip schüttelt mir immer freundlich die Hand, und seine Frau Jane wirkt schon viel ruhiger, seit ihr Jüngster in diesem Boot Camp in Bosnien ist. Es wird nie langweilig. Fast wünschte ich, ich hätte selbst Kinder gehabt, aber die hätten einfach nicht in meine hektische Theater- und Filmkarriere gepasst. Als ich auf die vierzig zuging, habe ich wohl kurz daran gedacht, Kinder zu kriegen. Ich war mir darüber im Klaren, dass es langsam Zeit wurde, wenn ich noch mal eine Rolle als schwangere Hausfrau bekommen wollte.

Schätze, ich sollte mal reinschauen und Philip und der Familie Hallo sagen. Ich versuche, den eigentlichen Körperkontakt auf ein Minimum zu reduzieren. Im Lauf der Jahre habe ich eine Reihe wirkungsvoller Strategien entwickelt, um möglichst wenig Zeit mit meinen pubertierenden Enkelkindern zu verbringen.

1. Ihnen zum Geburtstag Pullis mit dem Bild von Thomas der kleinen Lokomotive stricken.
2. In mein Taschentuch spucken und heftig an ihren Wangen herumrubbeln.
3. Absichtlich ihre Namen verwechseln.
4. Sie fragen, ob sie schon einen Freund oder eine Freundin haben.
5. Ihnen angelutschte Bonbons anbieten.
6. Sie um Hilfe bitten, wenn ich zur Toilette muss.

Außerdem habe ich eine geniale Strategie für den Umgang mit erwachsenen Kindern: Sag ihnen, du hinterlässt alles der Katze.

Montag, 18. März

Ein ziemlich dramatischer Tag. Irgendwie ist Enid an eine Schusswaffe gekommen. Offenbar hat sie sich einen dieser neuen 3D-Drucker besorgt und von einer Al-Qaida-Website einige Dateien über Selbstmordanschläge heruntergeladen. Sie hat sich in Mrs

Sharples Büro eingeschlossen und gedroht, sich den Kopf wegzuschießen. Es war ein eher angespannter Nachmittag. Ich habe kaum etwas von meinem Puzzle geschafft. Die Polizei schickte einen ausgebildeten Psychologen, doch als es gerade so schien, als wollte sie auf ihn eingehen, hielt sie sich die Pistole an die Schläfe und drückte ab. Glücklicherweise hatte sie die Dateien für eine Wasserpistole heruntergeladen, sodass kein Schaden entstand. Tatsächlich war ihr Gehör nie besser.

Dienstag, 19. März

Wenn man alt wird, ist es unvermeidlich, dass man Freunde verliert. Deshalb habe ich Bridget mit einem Ortungsgerät ausgestattet, für den Fall, dass sie sich verirrt.

Donnerstag, 21. März

Ein traumhafter Frühlingstag. Habe den Bus raus aufs Land genommen, um etwas Frieden und frische Luft zu tanken. Leider kam Bridget mit, sodass ich weder das eine noch das andere tankte. Ich hätte nichts dagegen, wenn sie hin und wieder mal keinen Unsinn reden würde. Folgendes ist ein ausgiebig bearbeitetes Protokoll der Konversation dieses Tages.

Bridget: »Sind wir bald da?«

Bridget: »Sind wir bald da?«

Bridget: »Sind wir bald da?«

Bridget: »Ich kann mich noch erinnern, dass hier nichts als Felder waren.«

Ich: »Hier sind immer noch nichts als Felder.«

Bridget: »Nein, das stimmt nicht. Da ist ein Schaf.«

Bridget: »Ist dir schon mal aufgefallen, dass Wolken manchmal wie Tiere aussehen, wenn man lange genug hinguckt?«

Ich: »Du starrst immer noch das Schaf an.«

Bridget: »Schafe sind so dumme Tiere – die folgen einander blind, egal wohin.«

Ich: »Ich bin hier drüben, Bridget. Du redest mit einem Schaf.«

Bridget: »Sind wir bald zu Hause?«

Montag, 25. März

Dieses Online-Shopping ist fabelhaft! Man klickt nur an, was man mit seinem Dingsbums kaufen will und gibt denen seine Adresse, und wie durch Zauberhand bringt es einem ein paar Tage später der Postbote. Er hat definitiv ein Auge auf mich geworfen. Immer wenn er mich ansieht, spüre ich, wie er im Stillen meine Päckchen auspackt.

Selbsthilfebücher – 3

Glitzer-Tops – 5

Melonenkugelausstecher – 2 (zum Preis von einem)

Sprechender Plüschpapagei – 1 (um Joan Gesellschaft zu leisten)

Lüsterne Blicke des Postboten – 9

So viel zu Bridgets guten Vorsätzen, was das Flirten mit dem Postboten angeht. Der arme Kerl. Schlimm genug, dass sie sich so viel nutzloses Zeug im Internet kauft – aber warum muss sie das denn jetzt auch für mich tun?

Kaputter Plüschpapagei von eBay – 1 (Geschenk von Bridget)

Melonenkugelausstecher – 1 (Geschenk von Bridget. Zwei zum Preis für einen)

Dienstag, 26. März

Einer unserer Pfleger hat Mr Gooch dabei erwischt, wie er sich mit Disneyfiguren vollstopfte. Am Ende mussten wir ihm Tick, Trick und Track aus der Nase ziehen.

Donnerstag, 28. März

In letzter Zeit ist Bridget so vergesslich. Schon wieder hat sie ihre Gläser im Bus liegen lassen. Sie hatte vergessen, dass man in öffentlichen Verkehrsmitteln keinen Sherry trinken darf.

Samstag, 30. März

Es könnte sein, dass ich einen Mann gefunden habe. Das dürfte Alf und Irene zum Schweigen bringen. Ich fand ihn hinten im *Daily Herald*, ausgerechnet! Normalerweise interessieren mich diese Bekanntschaftsanzeigen nicht, aber es gibt da eine neue Rubrik – Fantasy Love. Das scheint viel eher mein Ding zu sein. Er heißt Victor, ist eins fünfundachtzig groß und sucht eine »kontaktfreudige, flexible, mobile Gespielin (HHH)«, für etwas, das sich »Rollenspiel« nennt. Klingt schrecklich romantisch. Ich sehe uns schon an Deck eines Kreuzfahrtschiffes im Mondenschein, ich in meinem pfirsichfarbenen Ballkleid und er im weißen Smoking, wie er mir Schmeicheleien in mein gutes Ohr flüstert. Oder wie wir auf einem silbernen Hengst durch den sengenden Wüstensand zu seinem prunkvollen Beduinenzelt reiten. Glückes Geschick will es, dass er mich heute Abend zum »Fantasy Love Grill-Herrenabend mit Osterhäschen und Pfaffen« ins Middleton Manor eingeladen hat. Ich habe ihm gesagt, ich hätte ein Auto, also hoffe ich, dass er nicht sieht, wie ich aus dem Bus steige. Joan ist nicht sonderlich begeistert davon, dass ich mich schon so schnell mit jemandem treffe. Ständig macht sie sich irgendwelche Gedanken, also habe ich sie mitgenommen, damit sie sich nicht ausgeschlossen fühlt. Ich bin bester Dinge. Ich sehe atemberaubend aus, mische mich unter Theaterleute und finde meinen Seelenverwandten in der wunderbaren Welt der Fantasie!

Also, Bridgets Aufzug überlässt sicher nichts der Fantasie. Ich hoffe, sie kommt gut zurecht auf diesem Würstchenfest oder was es auch sein mag. Häschen und Pfaffen – klingt für meine Ohren irgendwie merkwürdig. Allerdings ist sie ungewöhnlich nervös, sodass ich eingewilligt habe, mit ihr im Bus dorthin zu fahren und ein paar Minuten zu warten, falls er nicht auftaucht. Was er – wenn er bei Sinnen ist – auch nicht tun wird.

Sonntag, 31. März

Na, das war vielleicht ein Abend gestern. Ich bin gerade so lange geblieben, dass ich Bridgets atemberaubenden Auftritt miterleben konnte – alle Blicke waren auf sie gerichtet, als sie sich ihren Weg durch den Pulk der Häschen und frivolen Pfaffen bahnte. Von dem Moment an, als sie eintrat, war sie der Mittelpunkt des Geschehens – ganz offensichtlich hatte sie etwas, das die anderen Frauen nicht hatten: ein Bugs-Bunny-Kostüm und einen Beutel Möhren. Gegen drei Uhr nachts kam sie endlich nach Hause. Auf dem Rücksitz eines Streifenwagens. Anscheinend war sie schon fast zu Hause angekommen, als sie aufgegriffen wurde, weil sie mitten auf der Straße gelaufen war und dann auch noch versucht hatte, einen Polizeibeamten mit Wurzelgemüse zu bestechen. Ehrlich gesagt war ich die ganze Nacht in großer Sorge gewesen. Zumindest bis zur Versandbestätigung.

Ich kann es nicht fassen! Wie peinlich! Ich habe versucht, mich durch den Abend zu schummeln, aber nachdem mich zum x-ten Mal ein anzüglicher Pfaffe mit den Worten »Is was, Doc?« angesprochen hatte und Victors Abwesenheit immer unübersehbarer wurde, beschloss ich, meine Verluste zu begrenzen, leerte mein achtes Glas Sekt und machte mich auf den Heimweg. Als ich die Auffahrt hinuntertrottete und versuchte, nicht über meine großen Füße zu fallen, klang mir noch dieser Chor von »Heute ist nicht aller Tage …« in meinen Riesenohren.

APRIL

Montag, 1. April

Oh, toll! 1. April! Mein absoluter Lieblingstag, abgesehen von Weihnachten, meinem Geburtstag und allen Tagen, an denen es Milchreis zum Abendessen gibt. Joan und ich ziehen jedes Jahr los und spielen den Leuten in der Gegend Streiche. Die sind immer ganz begeistert, wenn wir mit Eipulver nach ihren Häusern werfen oder an der Tür klingeln und langsam weiterschlendern. Wir versuchen sogar, uns mit unseren Streichen gegenseitig zu übertreffen. Normalerweise gewinne ich, weil ich die bei Weitem Kreativere bin. Mein bester Streich gelang mir vermutlich in dem Jahr, als ich Joans Schnürsenkel zusammengebunden habe. Leider hat sich meine Hüfte verklemmt, und ich kam nicht wieder hoch. Ich war bestimmt drei Tage da unten, aber ich glaube nicht, dass sie etwas davon mitbekommen hat.

Na toll. 1. April. Mein absoluter Horrortag, abgesehen von Weihnachten, Bridgets Geburtstag und allen Tagen, an denen es Moussaka zum Abendessen gibt. Jedes Jahr ist es dasselbe: Bridget versucht, mich mit einem armseligen Streich reinzulegen, den sie von *Beano* abgeguckt hat. Und immer besteht sie darauf, dass ich bei dem »Spaß« mitmache, obwohl ich lieber mit Schüttelfrost im Bett liegen würde. Mein bester Streich gelang mir wohl in dem Jahr, als ich Sekundenkleber in ihre künstliche Hüfte gespritzt habe, während sie versuchte, meine Schnürsenkel zu verknoten.

Dienstag, 2. April

Pasta zum Abendessen. Joan sagt, die Nudeln heißen Tagliatelle. Ein echter Zungenbrecher!

Pasta zum Abendessen. Es gibt Penne, aber ich habe Bridget gesagt, es sind Tagliatelle. Nur um zu sehen, wie ihr die Zähne rausfallen, wenn sie es auszusprechen versucht.

Mittwoch, 3. April

Mrs Dibby ist heute Nachmittag während der Patchwork-Gruppe gestorben. Aber ihr Kissen hat sie noch fertig gekriegt. Das konnte ihren Sohn sicher ein wenig trösten. Somit ist Ivy mit ihren neunundneunzig die älteste Bewohnerin. Sie hat zwei Weltkriege, neunzehn Premierminister und Bridgets Gesangseinlagen überlebt.

Donnerstag, 4. April

Morgen hat Joan Geburtstag. Sie tut so, als würde sie nicht gern feiern, und sagt immer, sie will keinen Aufstand, aber ich weiß doch, dass sie es sich im Grunde ihrer Seele sehr wohl wünscht, also ziehe ich immer alle Register, sei es ein Feuerwerk oder ein Chippendale, der aus einer Riesentorte springt. Ich weiß genau, dass sie trotz des nackten Entsetzens, das ihr ins Gesicht geschrieben steht, insgeheim im siebten Himmel schwebt – wer würde das nicht? Ich würde es, aber Joan wäre nicht die Richtige, um so etwas für mich zu organisieren. Zu meinem letzten Geburtstag hat sie mir ein Abonnement für den Ballaststoff-des-Monats-Club geschenkt. Dieser Monat ist der Feige gewidmet. Ich dagegen mache mir immer viele Gedanken zu meinen Geschenken.

Meine besten Geschenke für Joan:

1. Pinkes Baby-Doll-Nachthemd aus Chiffon
2. Kitzel-mich-Elmo
3. Halskette mit herzförmigem Silbermedaillon, das eine Locke von mir enthält

Morgen habe ich Geburtstag, wie Bridget mir freundlicherweise in Erinnerung gerufen hat.
Meine besten Geschenke von Bridget:

1. Ein Bleistift

Ich wage gar nicht daran zu denken, was ich dieses Jahr von ihr bekomme. Hoffentlich ist es etwas, mit dem ich mich in Ruhe beschäftigen kann.

Freitag, 5. April

Habe Joan heute Morgen gleich als Erstes ihr Geburtstagsgeschenk gegeben. Es ist eins von diesen neuen i-Telefonen, mit denen die jungen Leute ständig herumhantieren. Ich muss sagen, dieses neue Internet-»Geld« ist wirklich praktisch. Man muss nur seine Kreditkartendaten eingeben und kriegt alles umsonst! Ich habe eins für sie gekauft und eins für mich – so können wir ständig in Kontakt bleiben! Sie war dermaßen gerührt, dass sie fast weinen musste, das gute, alte Tränentier. Noch habe ich nicht herausgefunden, wie es funktioniert. Ich habe versucht, die Vermittlung anzurufen, hatte aber kein Glück. Egal, Joan zeigt es mir bestimmt gern. Das wäre doch mal eine schöne Abwechslung von der ewigen Monotonie ihrer schrecklichen Puzzles.

Samstag, 6. April

Ich habe die Vermittlung gefunden! Joan hat mir erklärt, welchen Knopf ich drücken muss. Klingt auch sehr nett – heißt offenbar Cyril. Komischer Name für ein Mädchen, wenn man mich fragt. Joan meint, man kann auch so Dinger namens Apps kriegen. Ich habe es nicht ganz verstanden, aber sie meint, man tut sie irgendwie in sein Telefon, und dann kann man alle möglichen Spiele spielen oder Pizza bestellen. Ist das zu glauben? Außerdem gibt es etwas, das Twitter heißt. Joan sagt, es ist eine Kommunikationsplattform, was immer das bedeuten mag. Es hat sogar seine eigene Sprache, damit man schneller schreiben kann. Sie hat mir ein paar Worte beigebracht und verraten, was sie bedeuten:

LOL – Little Old Lady

RMNKA – Ruh mich nur kurz aus

HMLDL – Hab meinen Lieblingsanorak draußen liegenlassen

WWIN – Was wollte ich noch?

OMG – Ohne Moos gelackmeiert

IBINWS – Immerhin bin ich neunundachtzig, wissen Sie?

HBKH – Hab mich kurz hingelegt

ROFL – Rollofenfladenlamm

Sie hat sogar geholfen, mir ein Konto einzurichten: @Bridget89 (keine Ahnung, was die neunundachtzig bedeuten soll), aber ich habe den Namen in @Bridgetand-

Joan geändert, damit wir das Konto gemeinsam betreiben können. Sie hat mich nur angesehen, und gleich kamen ihr wieder die Tränen. Sie wird im Alter wirklich furchtbar sentimental, die Gute.

Sonntag, 7. April

Wieder ein Regentag. Mrs Sharples bestand darauf, dass wir »uns selbst ein Unterhaltungsprogramm ausdenken, wie in alten Zeiten«. Wir wollten pokern, aber sie kam mit einem Spiel, das hieß »Stell dir vor, du wärst …« Sie meinte, es sei intellektuell stimulierender und fördere das Querdenken. Ich habe zum Beispiel gesagt, wenn Bridget ein Auto wäre, dann wäre sie eine kleine, laute Knatterkiste. Kein Stil, aber überraschend gefälliges Interieur.

Und ich habe gesagt, wenn Joan ein Auto wäre, dann wäre sie ein Leichenwagen.

Montag, 8. April

Heute ist ein schönerer Tag. Habe den Morgen auf meiner Lieblingsbank im Park verbracht und meine Augen ausgeruht. Ich weiß gar nicht, wie oft ich schon auf dieser Bank gesessen habe. Wenn ich mal nicht mehr bin, bringen sie vielleicht eine kleine Plakette darauf an: »In liebender Erinnerung an Bridget Golightly, die viele schöne Stunden allein auf dieser Bank verbrachte, und davor mit ihren Kavalieren.«

Habe gerade einen Blick in Bridgets Tagebuch geworfen – natürlich aus rein freundschaftlichen Gründen. Mal ehrlich, eine Plakette auf einer Parkbank – für wen hält sie sich eigentlich? Und wenn man alle ihre Kavaliere mit aufführen wollte, bräuchte man eine erheblich längere Bank.

Dienstag, 9. April

Dolly Atherton ging gestern ins Krankenhaus, um ihre Ballenzehen machen zu lassen, und kam mit Brustimplantaten wieder. So oder so, ihre Schuhe kriegt sie immer noch nicht alleine an.

Mittwoch, 10. April

Endlich hat Mrs Sharples meinem Drängen nachgegeben. Sonntagabend findet die erste »Das Zweitbeste Magnolia-Seniorenheim sucht das Supertalent«-Talentshow statt (ich habe mir das Copyright am Titel gesichert, falls irgendwer ihn verwenden will). Die Frage ist nur: Welches meiner Talente führe ich vor? Es wäre den anderen Mitbewerbern gegenüber unfair, mehr als drei oder vier davon zu zeigen. Na gut, am besten spreche ich mal mit Joan. Obwohl – wer weiß, was sie vorhat? Vielleicht das mit dem Knöchelknacken?

Habe gerade von Bridgets albernem Plan erfahren. Ich staune, dass sie den Abend nicht »The Bridget Show« genannt hat. Jetzt ist sie auf ihrem Zimmer und quäkt irgendwas aus *South Pacific* und lässt Orangen auf den Boden fallen. Hoffentlich kriege ich eine Lungenentzündung und kann nicht hingehen.

Donnerstag, 11. April

Ich liebe Kreuzworträtsel. Mrs Sharples sagt, sie helfen dem Verstand, wach zu bleiben. Eben habe ich ein besonders schweres gefunden – es besteht nur aus Wörtern mit einem Buchstaben. Also, wo habe ich meinen Stift hingelegt?

Musste Bridget eben ihren Stift wegnehmen. Sie hat schon wieder auf das Schachbrett geschrieben.

Freitag, 12. April

Das mit der Lungenentzündung hat nicht geklappt, also bleibt mir nichts anderes übrig, als mir diese sogenannte Talentshow anzusehen. Ich hoffe, dass es nicht zu lange dauern wird, aber wenn Bridget auftritt, sitzen wir wahrscheinlich Sonntag noch hier.

Sonntag, 14. April

Gott sei Dank – endlich ist es vorbei. Bridgets Strategie war wohl, die Jury einzuschläfern, um sie sich gefügig zu machen. Fast hätte es sogar funktioniert. Nur zwei der vier Punktrichter atmen noch. Alles in allem war es ein buntes Programm. Mr Cropper übernahm den Anfang als Amazing Memory Man (angeblich reicht seine Erinnerung bis weit in den letzten November zurück), dann brachte Mr Gooch einen energetischen, wenn auch leicht obszönen Opi Diddy zur Aufführung, Mr Colstain und die Wilkinson-Drillinge gaben ihr Bestes als die Old Spice Girls, und Bridget »schenkte« uns die gesamte Bandbreite ihrer Talente, von Stepptanz über Schwertschlucken bis zu einem Marathon-Medley sämtlicher Musicalschlager, die je geschrieben wurden. Ihr großes Finale bot eine verblüffende und – offen gesagt – verstörende Version von Lady Gaga. Sie hatte kein Geld für Steaks, also trug sie ein Kleid aus Speck. Was dem Koch nicht so recht gefallen wollte, Mrs Fingalls Hundenummer dafür aber umso besser. Alter Bühnenhase, der sie ist, machte Bridget ungerührt weiter und verkündete kühn: »*The Show must go on*!«, bevor sie unter einer Meute von Cockerspaniels begraben wurde. Und als ich dachte, jetzt wäre es endlich vorbei, wurde Mrs Ferris aus einer Kanone geschossen! Das gehörte nicht zur

Show, es war nur ihr letzter Wille. Man hatte ihre Asche mit Glitter gemischt, damit es ein funkelnder Abschied wurde (zwei Teile Glitter und ein Teil Mrs Ferris).

Ich wurde beraubt! Wie kann es sein, dass ich nicht gewonnen habe? Gab ich ihnen nicht, was sie wollten, und noch so viel mehr? Alles habe ich auf dieser Bühne gegeben, selbst mein letztes Hemd aus Frühstückspeck. Ich habe ihnen sogar erzählt, ich singe für meine Oma, die im Sterben liegt. Ich kann nicht fassen, dass Mrs Sharples dieser Frau den ersten Preis zugesprochen hat. Und dann noch fürs Knöchelknacken.

Montag, 15. April

Seit Bridget dieses verdammte iPhone hat, ruft sie mich zu jeder Tages- und Nachtzeit an.

23:24 Uhr.
Ich: »Hallo?«
B: »Hallo? Wer ist da, bitte?«
Ich: »Ich bin's, Joan. Du hast mich angerufen, Bridget. Was willst du?«

B: »Oh, hallo, Joan. Ich bin's, Bridget.«
Ich: »Ja, ich weiß.«
B: »Ist das nicht fabelhaft, Joan? Jetzt können wir so oft reden, wie wir wollen.«
Ich: »Ja, fabelhaft.«
B: »Und du klingst so klar und deutlich. Als wärst du im Zimmer nebenan.«
Ich: »Ich bin im Zimmer nebenan, Bridget.«
B: »Ach ja, stimmt. Ich Dummchen. Aber dieses Telefon klingt so klar und deutlich, als wärst du am anderen Ende der Welt.«
Ich: »Gute Nacht, Bridget.«
B: »Gute Nacht Joan.«

1:18 Uhr
Ich: »Hallo?«
B: »Hallo? Wer ist da, bitte?«
Ich: »Hier ist wieder Joan, Bridget. Du hast mich angerufen. Schon wieder.«
B: »Hallo, Joan. Hier ist Bridget.«
Ich: »Was willst du, Bridget?«
B: »Hallo?«

3:27 Uhr
Ich: »Hallo, Bridget.«

B: »Hallo, wer ist da, bitte?«
Ich: »Ich bin's, Bridget.«
B: »Ach, so? Dann muss ich wohl Joan sein.«
Ich: »Gute Nacht, Joan.«
B: »Gute Nacht, Bridget.«

Sonderbar. Joan hat noch nie Interesse an meinem Liebesleben gezeigt, aber plötzlich, aus heiterem Himmel, schlug sie mir um halb vier Uhr nachts vor, ich sollte es mal mit Online Dating probieren. Ich habe ihr erklärt, dass ich auf Rollschuhen noch nie besonders gut war, aber sie meinte, das sei etwas im Internet. Sie sagt, das machen alle. Und sie glaubt, es gibt da bestimmt spezielle Seiten für reifere Singles – also auch für mich. Ich habe ihr versprochen, sie über meine Fortschritte auf dem Laufenden zu halten, aber sie meinte, das hätte Zeit bis morgen, und plötzlich war die Leitung tot. Ich habe noch mehrmals versucht, sie anzurufen, kam aber nicht durch – da muss wohl irgendwas mit der Verbindung gewesen sein. Also habe ich durch die Wand »Gute Nacht!« gerufen.

Dienstag, 16. April

Ich muss sagen, dieses Internet Dating ist furchtbar kompliziert. Es fällt mir schwer, die richtige Seite zu finden, weil so viele zur Auswahl stehen. Ein paar davon habe ich mir angesehen, aber die waren überhaupt nicht das, was ich mir darunter vorgestellt hatte – da gibt es Sachen, die gibt's gar nicht.

Endlich stieß ich auf eine, die einen guten Eindruck machte: Reifes Glück – Dating für die Goldene Generation. Aber als ich mir die Profile der Mitglieder angesehen habe, war ich nicht sonderlich beeindruckt. Die sahen alle so … alt aus. Na gut, ich kann es ja mal versuchen. Und sei es nur, um Joan einen Gefallen zu tun. Ich habe mir ein paar Kandidaten notiert, die am ehesten in Frage kommen …

Reginald

- Alter: 82
- Hobbys: Sitzen, Rumwerkeln im Garten, Rumwerkeln im Haus
- Lieblingsgetränk: Ovomaltine
- Lieblingsessen: Abendbrot
- Traumreiseziel: das Seebad von Cleethorpes
- Ich suche: Kameradschaft

Joe

- Alter: 79
- Hobbys: auf Parkbänken schlafen
- Lieblingsgetränk: Cider in brauner Papiertüte
- Lieblingsessen: püriert
- Traumreiseziel: irgendwo drinnen
- Ich suche: ein Bett für die Nacht

Freitag, 19. April

Ich bin doch froh, dass ich mich bei dieser Reifes-Glück-Seite angemeldet habe. Ich bin sehr beliebt – schon jetzt haben mir fünf Herren auf meinem Profil zugezwinkert!

Bridget war ganz aufgeregt, weil ihr auf der Dating-Seite so viele Verehrer zugezwinkert haben. Da stellt sich raus, es war ein alter Herr mit nervösen Zuckungen.

Samstag, 20. April

Dieses iTelefon ist wirklich grandios! Es ist randvoll mit Ideen, wo man hingehen und was man unternehmen kann. Diese Woche haben wir jeden Tag eine andere Show gesehen – und immer gab es hinterher ein kostenloses Buffet!

Bridgets iPhone ist ein Albtraum. Seit sie diese »Bestattungen in Deiner Nähe«-App gefunden hat, waren wir jeden Tag unterwegs.

Sonntag, 21. April

Heute war wieder Altenheim-Quiz. Bridget und ich haben gewonnen. Wir waren die Einzigen, die sich an ihre Namen erinnern konnten.

Dienstag, 23. April

19:02 Uhr. Habe beschlossen, Mrs Sharples' faszinierenden Vortrag über Darmhygiene ab siebzig auszulassen. Gehe lieber zum Wrestling. Ich kann nur hoffen, dass Bridget es mir nicht verdirbt. Wrestling ist eine der letzten wahren Traditionen, die dieses Land noch hat. Es ist eine Kunst – eine ballettöse Paarung von höchster Dramatik und atemberaubender Athletik. Ich kann mir nichts Besseres vorstellen, als direkt am Ring zu sitzen und gedankenversunken die Vielfalt malerischer Manöver und komplizierter Kombinationen zu bewundern.

Neunzehn Uhr. Joan schleppt mich heute Abend zu diesem Wrestling-Turnier in die Stadthalle. Das ist überhaupt nicht mein Ding. Ich weiß nicht, was sie daran findet – das ganze Gegrunze und Geächze und dann auch noch verschwitzte, maskierte Männer in knappen Glitzerhöschen, die sich gegenseitig in den Schritt greifen. Hmmmmm …

Dreiundzwanzig Uhr. Nun, ich muss sagen, das war um einiges lustiger als erwartet! Bei all dem Gejohle und Gebuhe habe ich mich gleich wieder wie im Theater gefühlt. Und Joan – ich habe sie noch nie so aufgeregt erlebt. Das Highlight des Abends kam, als der gigantische Giganto die Zuschauer herausforderte. So schnell ist Joan nicht mehr aufgesprungen, seit ihre Enkelkinder letztes Mal zu Besuch kamen. Und sie hätte ihn auch besiegt, wäre sie nicht disqualifiziert worden, weil sie unzulässigerweise ihre Handtasche zur Hilfe genommen hatte. Seinen Gürtel bekam sie zwar nicht, aber wenigstens behielt sie seine Maske als Trophäe. Und ich habe seine Hose. Es schien ihm nichts auszumachen, aber das könnte auch an dem Lachgas gelegen haben, das ihm die Sanitäter auf dem Weg zum Krankenwagen verabreichen mussten.

Mittwoch, 24. April

War heute im Supermarkt. Die hatten da einen von diesen neumodischen sprechenden Kassenautomaten! Es ist schon erstaunlich, wie lebensecht die sind.

War heute im Supermarkt. Bridget wollte nicht aufhören, mit dem Kassenautomaten zu plaudern. Ich musste mich dahinter verstecken und ihr antworten, sonst stünden wir immer noch da.

Freitag, 26. April

Ich weiß immer noch nicht, was ich Ivy Battle zum hundertsten Geburtstag schenken soll. Im Moment kann ich mich nicht entscheiden zwischen einem bestickten Lavendelbeutel und einem Fotokissen von ihrer Hysterektomie.

Dienstag, 30. April

Definitiv ein Regenschirmtag. Es regnet nicht, wir wollen nur ein paar Leuten in der Fußgängerzone die Augen ausstechen.

MAI

Mittwoch, 1. Mai

Musste heute Morgen ewig warten, um ins Bad zu kommen. Offenbar saß Enid mit ihrem Toaster in der Wanne. Vier Stunden hat die arme Frau im kalten Wasser gehockt. Sie wusste ja nicht, dass der Strom abgestellt war, weil Mrs Sharples von dem Geld eine neue Pfotenbadewanne für ihren Hund gekauft hatte. Unglaublich wie diese Stromanbieter alte Menschen behandeln.

Freitag, 3. Mai

Ich dachte mir, ich fahre heute mal ein Stück spazieren, um mich zu entspannen. Das hätte ich mir sparen können. Es war schrecklich laut, und ich kam klitschnass nach Hause.

Bridget kam schon wieder klatschnass nach Hause. Wie oft habe ich ihr gesagt, dass sie mit ihrem Elektromobil nicht in die Waschanlage fahren soll?

Montag, 6. Mai

Es ist wirklich nervig, mit Bridget auszugehen. Sie sitzt nur da und singt und ruft alle fünf Minuten: »Sind wir bald da?« Das stört doch auch die anderen im Kino.

Freitag, 10. Mai

Habe das mit dem Reifen Glück aufgegeben. Da war völlig tote Hose. Im wahrsten Sinne des Wortes. Wie sich herausstellte, sind die meisten Mitglieder schon vor Jahren gestorben. Mr Goochs meint, die Betreiber behalten solche Profile nur im Angebot, um einsame Seelen anzulocken. Zum Glück gibt es heute einen Speed Dating-Abend in dieser neuen Wodka-Bar im Ort. So was habe ich noch nie ausprobiert, bin aber bereit, es zu wagen – ich kann nur hoffen, dass ich sie nicht abhänge.

Habe widerstrebend eingewilligt, mit Bridget zu einem dieser grässlichen Kuppelabende zu gehen. Unter der Bedingung, dass meine Rolle auf jeden Fall die einer neutralen Beobachterin bleibt.

Samstag, 11. Mai

Konnte Joan überreden, mich zum Speed Dating zu begleiten. Was gut war, denn dort gab es weit mehr Herren als Damen – nicht, dass ich mich beklagen wollte! Jedenfalls, nach ein wenig Überredung – und reichlich Wodka – galoppierte sie los wie vom Hafer gestochen. Sie hat weit mehr Männer durchgeackert als ich. Wer weiß? Vielleicht gibt es ja dieses Jahr noch eine Doppelhochzeit!

Es ist doch unfassbar, dass ich mich von Bridget habe überreden lassen, an dieser Farce teilzunehmen. Da wird eine Herde erwachsener Frauen um einen langen Tisch voll verzweifelter Rentner getrieben und gezwungen, mit jedem drei Minuten lang zu reden. Und hinzukam, dass wir alle auflisten und beurteilen sollten, mit denen wir uns unterhalten hatten. Dies ist meine Liste:

1. Derek. Knallkopf
2. Bob. Muttersöhnchen
3. Clive. Betrunken
4. Brian. Langweilig
5. Gerard. Waliser

6. Tom. Ermüdend
7. Malcolm. Nervöse Zuckungen
8. Tony. Spinat zwischen den Zähnen
9. Bruce. Zähne zwischen dem Spinat
10. Leonard. Eingeschlafen

Welch lustiger Abend – schade, dass er so schnell vorbei war. Ich hatte kaum Zeit, meinen Beurteilungsbogen auszufüllen:

1. Netter Herr. Sehr guter Zuhörer. Hätte mich den ganzen Abend mit ihm unterhalten können. Ich glaube, er hat mir gar nicht erzählt, wie er heißt. Oder überhaupt irgendwas, wenn ich es recht bedenke …

Irgendwie reichte die Zeit nicht, noch mit jemand anderem zu sprechen.

Sonntag, 12. Mai

Wollte heute Abend mal eine kleine Abwechslung vom Bingo haben, also schlug ich Joan vor, was Neues auszuprobieren – etwa eine Geschlechtsumwandlung. Oder ein Piri-Piri-Huhn essen.

Montag, 13. Mai

Muss unbedingt zum Frühjahrsschlussverkauf. Offenbar kann man da alle möglichen Schnäppchen machen.

Es ist ganz egal, welche Jahreszeit wir haben – Bridget versäumt keinen Schlussverkauf. Sie meint, da kann sie doppelt so viel klauen für ihr Geld.

Dienstag, 14. Mai

Trotz ihrer gnadenlosen Grantigkeit weiß ich doch, dass Joan ein gutes Herz hat. Deshalb bin ich mir auch sicher, dass wir immer befreundet bleiben werden.

Trotz ihrer gnadenlosen Heiterkeit weiß ich doch, dass Bridget ein gutes Herz hat. Deshalb habe ich sie dazu angeregt, diese Organspenderkarte auszufüllen.

Mittwoch, 15. Mai

Waren heute im Park und haben die Enten gefüttert. Das wollten wir eigentlich gar nicht, aber leider hatte Bridget die Picknickdecke zu nah am Teich ausgebreitet, und bevor wir es uns versahen, hatte sich eine freche Stockente unsere Sandwiches geschnappt. Ich war dafür, die Sache auf sich beruhen zu lassen und zum Café aufzubrechen, aber davon wollte Bridget nichts hören. Schneller als man Johnny Weissmuller sagen kann, war sie ins Wasser gesprungen und in eine Todesrolle mit dem diebischen Vogel verkeilt. Erst als sie zum dritten Mal unterging, fiel mir ein, dass sie gar nicht schwimmen kann. Glücklicherweise war der Teich kaum anderthalb Meter tief, also konnte ich zu ihr waten und sie ans Ufer zerren, woraufhin mein neuer Hut und Mantel mit Entengrütze eingesaut waren. Und wie hat sie es mir gedankt? Sie hat nur gekreischt und ist in Ohnmacht gefallen, und ich musste sie auch noch den ganzen Weg nach Hause schleppen.

Ach du je, ich hatte gerade einen schlimmen Albtraum! Erst wurden meine Sandwiches geklaut, dann bin ich in einem riesigen See ertrunken. Irgendwie habe ich es ans Ufer geschafft, aber als ich erschöpft dalag, entstieg dem See dieses gigantische Sumpfmonster und kam direkt auf mich zu. Ich habe geschrien wie am Spieß, danach kann ich mich allerdings an nichts mehr erinnern. Bin richtig aufgelöst. Muss dran denken, vor dem Schlafengehen keinen überbackenen Käsetoast mehr zu essen.

Samstag, 18. Mai

Heute Abend ziehe ich um die Häuser. Habe etwas Wodka in meiner Handtasche, um mir das Geld für die Getränke zu sparen.

Bridget zieht heute Abend um die Häuser. Habe etwas Wasser in ihre Wodkaflasche getan. Um ihr das Geld für Alka-Seltzer zu sparen.

Mittwoch, 22. Mai

Bridget ist in letzter Zeit mehrfach gestürzt. Mrs Sharples macht sich verständlicherweise Sorgen. Sie meint, es wirft ein schlechtes Licht auf das Heim, also hat sie mich gebeten, die Vorfälle festzuhalten. Sie meint, es könnte sein, dass Bridget ein kleines Innenohrproblem hat, aber ich glaube eher, dass sie ein kleines Alkoholproblem hat.

Bridgets Stürze in diesem Monat:

Die Treppe runter (zweimal)

Beim Aus-der-Wanne-Steigen

Im Bus

Beim In-die-Wanne-Steigen

Im Einkaufszentrum

Auf Pater O'Brien

In einen Altglascontainer

Montag, 27. Mai

Seit die Stadtverwaltung diese neuen, verschiedenfarbigen Rollmülleimer verteilt hat, kommt man kaum noch hinterher. Wird es der blaue, der grüne oder der braune sein, in den Bridget diese Woche stürzt?

Donnerstag, 30. Mai

Sieben Uhr. Morgen ist Ivys hundertster Geburtstag. Natürlich wird sie in allen Zeitungen sein. Keine Ahnung, wieso eigentlich – sie sitzt nur im besten Sessel im Gemeinschaftsraum und starrt ins Leere, mit Munchkin, ihrem Yorkshire Terrier, auf dem Schoß. Oder sie schläft. Ein Unterschied ist da kaum zu erkennen. Die reine Verschwendung eines erstklassigen, stufenlos verstellbaren Fernsehsessels mit Aufstehhilfe und Blick auf den Garten des Gedenkens. Mrs Sharples hat so schreckliche Angst, dass Ivy vor ihrem großen Tag stirbt, dass sie die arme Frau seit Februar alle halbe Stunde antippt.

19:10 Uhr. Alle scheinen erleichtert zu sein, dass Ivy es wohl bis zu ihrem Hundertsten schaffen wird. Eins muss man ihr allerdings lassen: Es ist schon erstaunlich, wie lange man sich mit einem Herzschrittmacher, einer halben Leber und den Greatest Hits von Des O'Connor am Leben halten kann.

Freitag, 31. Mai

Neun Uhr. Es geht los. Mrs Sharples hüpft herum wie ein kopfloses Huhn, das ganze Haus ist voller Reporter, und wir mussten uns die Pop-Tarts zum Frühstück selber toasten. Alle fragen Ivy nach dem Geheimnis ihres langen Lebens und wie es ist, die älteste Twitterin der Welt zu sein. Ich weiß nicht, was der ganze Aufstand soll. Sie twittert immer nur, was es zum Abendbrot gab, und das schreibt eigentlich das Pflegepersonal, weil sie schon lange kein Gefühl mehr in den Händen hat. Aber es gibt eine spannende Neuigkeit! Alle fahren mit, um dabei zu sein, wenn sie sich heute Nachmittag den Traum ihres Lebens erfüllt: eine Fahrt mit einem Heißluftballon! Und in ihren Tweets hat sie sehr deutlich gemacht, dass sie sowohl Munchkin als auch ihre allerbeste Freundin Bridget mitnehmen möchte. Rein zufällig träume auch ich schon mein Leben lang davon! Einige Bewohner waren etwas argwöhnisch, aber was soll ich sagen? Tweets lügen nicht!

8:59 Uhr. Mrs Sharples hat die arme, alte Ivy heute Morgen um sechs aus dem Bett geholt. Seit Stunden sitzt sie in ihrem Sessel, sabbert und streichelt ihren kleinen Munchkin. Die Reporter fragen sie alle dasselbe. »Was ist Ihr Geheimnis für ein langes, glückliches Leben?« Und jedes Mal murmelt sie: »Kein Alkohol, keine Zigaretten und keine Männer.« Ganz schön dreist von einer Frau, die im Krieg Terpentin getrunken, Pfeife geraucht und eine halbe Krone für ein Schäferstündchen in ihrer Nissenhütte verlangt hat. Bridget scheint sich sehr auf ihr »einmaliges Erlebnis« mit ihrer »besten Freundin« Ivy zu freuen. Ich mag mir gar nicht vorstellen, womit sie das Pflegepersonal bestochen hat, um an das Twitter-Passwort der armen Alten heranzukommen.

Ein Uhr. Gott sei Dank ist der ganze Trubel mit dem Bürgermeister vorbei. Endlich wird es Zeit für unsere Ballonfahrt! Ich habe die Aufgabe, Ivys kleinen Munchkin festzuhalten, das zappelige Vieh. Leckt die Hälfte der Zeit an seinem Hintern herum und die andere Hälfte an meinem! Joan schmollt natürlich. Sie meinte, sie wollte in ihrem Zimmer bleiben und sich mit ihrem Puzzle beschäftigen. Offensichtlich ist sie neidisch auf meine Freundschaft mit Ivy. Am Ende konnte ich sie doch überreden mitzukommen. Um meine Handtasche zu halten. Und meinen Mantel. Und meinen Hut. Und um den Reportern zu sagen, wie ich heiße, und ihnen von meiner glänzenden Karriere im Showgeschäft zu berichten. Na gut, los geht's …

15:12 Uhr. Was für ein Fiasko. So etwas habe ich noch nie erlebt. Fernsehteams, Reporter und die Hälfte der Würdenträger unserer Stadt warten zwei Stunden auf einem Acker darauf, dass sich die alte Ivy über den roten Teppich zum Ballon schleppt. Schließlich konnte man sie hineinhieven, dicht gefolgt von Bridget, die diese haarige Ratte im Arm hielt wie eine Handpuppe und mit der anderen winkte wie die Queen. Und dann, als der Bürgermeister vortrat, um das Seil zu lösen, und der Pilot sich zum Einsteigen bereit machte, kam es zur Katastrophe. Urplötzlich hüpfte Munchkin aus dem Korb. Bridget unternahm einen vergeblichen Versuch, ihn zu greifen, bekam stattdessen jedoch das Seil zu fassen und kippte über den Rand direkt auf den arglosen Piloten. Bevor irgendwer begriff, was vor sich ging, hob der Ballon mit einem Ruck ab, und die arme Ivy klammerte sich an den Korb und starrte in Todesangst über den Rand hinweg, während sie im weiten Blau des Himmels verschwand …

22:34 Uhr. Immer noch keine Spur von Ivy. Es hieß, ihr Ballon sei über einem Einkaufszentrum in der Nähe von Glasgow gesichtet worden. Leider war es nur ein aufblasbarer Cheeseburger.

JUNI

Samstag, 1. Juni

Ein Tag, den man im Kalender rot anstreichen sollte! Schließlich bekommt man nicht jeden Tag einen Brief mit roter Schrift auf dem Umschlag – wie spannend! Meine Finger zitterten, als ich ihn aufriss, weil ich unbedingt wissen wollte, was drin war – vielleicht eine hübsche Karte oder eine Einladung zum Tee im Buckingham Palace. Man stelle sich meine Enttäuschung vor, als ich sah, dass es nur irgendwelche Zettel voller Zahlen waren. Ich wurde nicht schlau daraus, also ließ ich Joan einen Blick darauf werfen. Sehr merkwürdig – sie wurde aschfahl. Ich habe sie gefragt, ob es so etwas wie eine Geheimbotschaft ist, aber sie sagte kein Wort. Sie bedachte mich nur mit ihrem typischen Augenrollen und verließ das Zimmer.

Ich fass es nicht. Habe eben Bridgets Kreditkartenabrechnung gesehen. Wie um alles in der Welt hat sie es fertiggebracht, Schulden von zwanzigtausend Pfund anzuhäufen? Muss wohl am Online-Shopping und Texas Hold'Em liegen. Erst wusste ich gar nicht, wie ich es ihr beibringen sollte, doch dann kam ich zu dem Schluss, dass es das Beste wäre, der alten Maxime zu folgen: »Manchmal ist die Wahrheit grausam, aber wozu hat man Freunde?« Also habe ich ihr die finanziellen Schwierigkeiten, in denen sie steckt, ausführlich erläutert und ihr aus reiner Gefälligkeit außerdem noch tausend Stecknadeln verpasst.

Montag, 3. Juni

Das war das letzte Mal, dass ich mit Bridget ins Freizeitzentrum gegangen bin! Es war so unglaublich peinlich – ich fasse es nicht, dass sie ins Schwimmbad gepinkelt hat. Und auf den Badmintonplatz. Und in den Bus auf dem Heimweg.

Dienstag, 4. Juni

Die Krönung werde ich nie vergessen. Ich schwenkte meinen Union Jack derart patriotisch, dass ich den Blick Ihrer Majestät erhaschte. Und den eines freundlichen Polizisten.

Die Krönung werde ich nie vergessen. Bridget hatte neun Flaschen Brown Ale intus und wurde verhaftet, weil sie ihr Union-Jack-Höschen nach der Queen geworfen hat.

Mittwoch, 5. Juni

Gott sei Dank. Ich hatte mir schon große Sorgen wegen dieser Kreditkartenrechnung gemacht, aber ich wusste, dass sich irgendwas ergeben würde. Als ich mir heute Morgen Jeremy Kyle ansah, lief eine Werbung mit einer sympathischen, blonden Frau! Die Firma nennt sich »Spare in der Not«. Die haben fünf Filialen in der Fußgängerzone, also habe ich gleich mal reingeschaut. Sie waren schrecklich nett und liebend gern bereit, mir auszuhelfen. Sie meinten, normalerweise würden sie an Erstkunden eine so große Summe nicht auszahlen, aber bei mir wollten sie eine Ausnahme machen und mir dafür über Gebühr Abgaben einräumen. Ist das nicht nett? Joan gibt mir nur selten mal was ab.

Donnerstag, 6. Juni

Bridget und mir war heute so langweilig, dass wir einen unserer Spaziergänge gemacht haben. So einen besonders langsamen auf einem sehr schmalen Bürgersteig. Neuer Rekord – wir haben es geschafft, sechsundzwanzig Leute hinter uns zu halten.

Freitag, 7. Juni

War heute in einem schicken, trendigen Coffee-Shop. Habe etwas namens Cappuccino getrunken. Am Ende hatte ich einen Schokoladenbart.

War heute in einem schrecklich trendigen Coffee-Shop. Habe Ewigkeiten damit zugebracht, Bridgets Schokoladenbart abzurubbeln. Da stellt sich raus, dass er echt ist.

Sonntag, 9. Juni

Zauberhafter Tag in Dunston Abbey. Immer wenn wir so ein herrschaftliches Anwesen besichtigen, stelle ich mir vor, ich sei die Dame des Hauses. Ich schlendere von Raum zu Raum und sauge die Jahrhunderte in mich auf, bis ich fast selbst glaube, damals zu leben. Ich hätte den ganzen Tag dort bleiben können.

Fürchterlicher Tag in Dunston Abbey. Endlich konnte ich Bridget mal überreden, sich einen Herrensitz anzusehen, da wetzt sie nur durch die Gegend wie ein Karnickel auf Ritalin, um so schnell wie möglich in den Souvenirladen zu kommen.

Meine Käufe:

1. Zweitausendseitiger Bildband über die Geschichte von Dunston Abbey, von den Tudors bis ins 21. Jahrhundert.

Bridgets Käufe:

1. Dunston-Abbey-Bleistift
2. Dunston-Abbey-Bleistiftanspitzer

3. Dunston-Abbey-Griffelkasten (mit Dunston-Abbey-Bleistift und -Bleistiftanspitzer)
4. Dunston, der Wackeldackel
5. Dunston-Abbey-Schlüsselring
6. Dunston-Abbey-Kühlschrankmagnet
7. Dunston-Abbey-Mousepad
8. Dunston, der Delfin (Stoffpuppe)
9. Drei Flaschen Dunston-Abbey-Sherry
10. Signiertes Foto sämtlicher Schauspieler der Fernsehserie *Dunston Abbey*
11. Dunston, der Dinosaurier (Mütze)

Montag, 10. Juni

Habe Bridget endlich darauf angesprochen, wofür sie eigentlich so viel Geld ausgegeben hat. Sie schwört, sie kann sich an nichts erinnern. Obwohl ich wenig Vertrauen in ihr Erinnerungsvermögen habe (wie Mrs Sharples sich ausdrücken würde), gab ich ihr einen kleinen Rat, was die Gefahren des Identitätsdiebstahls angeht, und schlug ihr vor, einen Schredder zu kaufen. Bis jetzt hat sie ihre Schuhe, ihre Fotos und ihre beste Strickjacke geschreddert.

Dienstag, 11. Juni

Ich liebe diese Jahreszeit – endlich kann ich meine Winterkleider einmotten und meine Sommergarderobe auf die Welt loslassen!

Winterkleider zum Einmotten:

Blaue Strickjacken – 6

Dicke schwarze Pullover – 5

Graue Wollpullis – 8

Sommerkleider zum Rausholen:

Rosa Strickjacken – 6

Dicke gelbe Pullover – 5

Malvenfarbene Wollpullis – 8

Mittwoch, 12. Juni

Ich liebe diese ruhigen Abende vor dem Fernseher. Leider ist es nicht mehr so unterhaltsam, wie es mal war.

Habe Bridget endlich gefunden. Sie saß in der Küche und starrte in die Mikrowelle.

Freitag, 14. Juni

Wie aufregend, der Jahrmarkt ist in der Stadt! Ein zauberhafter Abend. Ich habe bestimmt alles mindestens zweimal gemacht! Walzerfahrt, Autoskooter, Entenangeln. Gut, dass Joan so lange Arme hat – allein hätte ich diesen großen, kuscheligen Billy Brontosaurus nicht den ganzen Abend mit mir herumschleppen können. Bestimmt hatte sie einen Riesenspaß beim Winken, wenn ich auf dem kleinen Karussell wieder um die Kurve kam. Und in der Liebesraupe. Und auf dem Polypen. Das Einzige, wozu ich Joan überreden konnte, war die Geisterbahn. Im Dunkeln zeigt sie definitiv ihre beste Seite. Natürlich musste ich sie bei der Hand halten, weil sie solche Angst hatte. Sie versucht, tapfer zu sein, aber ich weiß, dass sie tief in ihrem Inneren ein bibberndes Wrack ist.

Ein grauenhafter Abend. Die meiste Zeit musste ich diese blöde Riesenechse mit mir rumschleppen. Und noch dazu das dämliche Kuscheltier, das sie gewonnen hatte. Dann war ich gezwungen, mir anzusehen, wie sie gejuchzt, gekreischt und gekotzt hat, bei jeder einzelnen Fahrt. Das einzig Lohnenswerte war die Geisterbahn. Das Problem war nur, dass Bridget mich die ganze Zeit über nicht loslassen wollte. Immer wenn eine Hupe losging oder uns ein Pappskelett entgegenflog, packte sie mich so fest, dass ich dachte, mir würden die Krampfadern platzen. Sie zuckte sogar zusammen, als wir zum Ausgang kamen und der junge Mann ihr einen Goldfisch überreichte. Mir gab er auch einen. Offenbar hatten sie welche übrig, weil der Schießbudenbesitzer seinen Laden kurzfristig schließen musste, nachdem Bridget ihr Glück versucht hatte. Erfreulicherweise hatten die Sanitäter genügend Verbandszeug und Morphium dabei.

Samstag, 15. Juni

Es ist so entspannend, unseren Fischen dabei zuzusehen, wie sie im Kreis schwimmen. Joan meint, ich darf die Tiere nicht in meinem Zimmer halten, weil sie die Verantwortung dafür nicht übernehmen kann. Sie konnte noch nie gut mit Tieren, schon als kleines Mädchen nicht. Ihren Hund Buster musste sie begraben. Er war nicht tot, er war ihr einfach nur zu langweilig. Ich muss sagen, Fische besitzen tatsächlich ganz individuelle Persönlichkeiten. Der Kleine zischt umher wie ein Irrer, während der Große nur herumdümpelt und ein miesepetriges Gesicht zieht. Den ganzen Tag habe ich überlegt, wie ich die beiden nennen soll. Da kam mir plötzlich die Erleuchtung: Bridget und Joan. Ich weiß auch nicht, wieso.

Sonntag, 16. Juni

Joan und ich machen unsere Samstagseinkäufe im Supermarkt. Und es sieht so aus, als hätte ich einen Bewunderer! Ein sympathischer, hochgewachsener, junger Herr folgt mir und zieht mich mit seinen stahlblauen Augen aus. Die arme Joan ist ganz neidisch. Sie stand schon immer auf Männer in Uniform.

Bridget war so schrecklich erpicht darauf, den Security-Mann auf sich aufmerksam zu machen, also dachte ich mir, ich helfe ein bisschen nach. Ich habe ihm erzählt, dass sie ein paar Dosen Lachs in ihre Manteltaschen gesteckt hat.

Montag, 17. Juni

Du meine Güte, es ist so heiß, dass ich beschlossen habe, heute Nacht nackt zu schlafen.

Als Bridget sagte, sie wolle nackt schlafen, dachte ich eigentlich nicht, dass sie meinte: in ihrem Fernsehsessel und dazu noch während eine Uraltseifenoper lief.

Mittwoch, 19. Juni

Habe eben mal nachgesehen, was ich mir fürs neue Jahr vorgenommen hatte. Also, was sollte ich in diesem Monat angehen? Hmmm … Bisher ist es mir noch nicht gelungen, die Liebe meines Lebens zu finden. Ich müsste mal ein bisschen in die Puschen kommen, sonst sitzen mir Alf und Irene wieder im Nacken. Vielleicht sollte ich noch einen Blick auf meinen Computer werfen. Nachsehen, ob ich nicht eine andere Partnervermittlung finde, die einer Frau in der Blüte ihres Lebens eher entspricht. Und die ein paar Männer im Angebot hat, die ebenfalls in der Blüte ihres Lebens stehen. Oder wenigstens irgendeines Lebens.

Donnerstag, 20. Juni

Vier Uhr. Jippieee! Ich habe die perfekte Partnervermittlung gefunden: ToyBoys'R'Us. Das ist schon viel eher nach meinem Geschmack. Lauter fesche junge Herren mit reichlich Ausdauer – und alle suchen sie reifere Damen. Ich muss nur mein Profil ausfüllen und mir einen passenden Benutzernamen ausdenken. Hmmm … Lady Bridget von Magnolia Hall klingt eigentlich ganz hübsch.

Halb sieben. Okay, habe meine Daten eingegeben. Jetzt bleibt mir wohl nur zu warten. Gut, dass ich von Natur aus geduldig bin. Allerdings glaube ich nicht, dass es allzu lange dauern wird. Ich kann mir nicht vorstellen, dass es da viele wie mich gibt!

Freitag, 21. Juni

Ich warte …

Samstag, 22. Juni

Ich warte …

Sonntag, 23. Juni

Ich warte immer noch …

Montag, 24. Juni

Sieben Uhr. Oh, gerade hat mir jemand auf meinem Profil zugezwinkert! Whippersnapper92 – sieht ein bisschen aus wie dieser nette Justin Bieber. Ich glaube, dass ich vielleicht zurückzwinkern sollte.

Fünf nach sieben. Oooh, er hat auf mein Zwinkern reagiert und schickt mir einen Kuss! Ich sollte ihm lieber auch einen schicken. Wäre ja unhöflich, wenn nicht …

Halb zehn. Puh, ich bin richtig erschöpft! Wir haben gezwinkert, geküsst, Händchen gehalten, gefummelt, gegrapscht und, na ja, ich bin mir nicht sicher, was dieses letzte Bild war, aber es sah schrecklich unbequem aus. Das geht alles so schnell …

Donnerstag, 27. Juni

Halb acht. Langsam werde ich richtig nervös, weil ich heute früh im Café Olé mein erstes Date mit meinem Toyboy haben werde. Ich muss mich für einen Look entscheiden. Lieber in Richtung Julie Andrews oder Dita Von Teese? Ich möchte nicht allzu konservativ erscheinen, aber auch nicht das Risiko eingehen, mit meinem überwältigenden *gewissen Etwas* die wilde Leidenschaft dieses italienischen Barista zu entfachen. Vielleicht sollte ich den Mittelweg wählen und als Lady Gaga gehen.

9:12 Uhr. Bridget kommt langsam ins Schwitzen, weil sie sich mit diesem jungen Mann treffen soll. Ich weiß nicht, wie oft sie sich schon umgezogen hat. Am Ende, muss ich sagen, war ich angenehm überrascht, wie viel Klasse ihr Kleid hatte. Im Gegensatz zu dem Plastikhummer auf ihrem Kopf. Ich habe schon alle möglichen Geschichten gehört, auf was für Männer man bei diesen Internet-Verabredungen stößt, also schlug ich vor, dass wir ein Notrufsystem einrichten. Falls irgendwas schiefgeht, soll sie 999 wählen.

Zehn Uhr. Werde langsam nervös. Noch keine Spur von meiner Verabredung, also schlage ich die Zeit damit tot, an meinem extragroßen Cappuccino herumzuschlürfen und in dieses Tagebuch zu schreiben, obwohl das nicht ganz einfach ist, weil meine Brille vom Dampf beschlägt. Wenn es nach Joan geht, sollte ich so etwas nicht trinken. Sie meint, dass ich vom Koffein nur hibbelig werde und zur Toilette muss.

Halb elf. Immer nervöser. Nach wie vor keine Spur von ihm. Trinke meinen zweiten Cappuccino. Ich bin kein bisschen hibbelig und muss auch nicht zur Toilette – so viel zu Joans medizinischen Weisheiten.

Elf Uhr. Bin furchtbar nervös. Vielleicht hätte ich diesen dritten Cappuccino nicht trinken sollen. Vielleicht kommt meine Verabredung nicht. Vielleicht muss ich doch mal zur Toilette …

Zwei Uhr. So ein Desaster! Ich musste Joans Notrufsystem einsetzen, aber wer hätte gedacht, dass die Feuerwehr fast drei Stunden braucht, bis sie kommt, um einen zu retten? Ich dachte, sobald sie meine Stimme am Telefon hören, eilen sie sofort zum Unglücksort, mit heulenden Sirenen. Und außerdem sollte man eigentlich meinen, dass sich das Schloss einer Behindertentoilette innen befindet! Wahrscheinlich hat mein Toyboy gedacht, ich habe ihn versetzt, der arme Junge.

Samstag, 29. Juni

Bridget war ein wenig niedergeschlagen nach ihrem Date, trotz der vielen Feuerwehrmänner, also schlug ich vor, wir sollten uns das Glastonbury Festival in der Glotze ansehen. Bridget liebt die Rolling Stones. Seit Monaten übt sie, sich wie Jagger zu bewegen. Dumm nur, dass er sich inzwischen wie Bridget bewegt.

JULI

Montag, 1. Juli

Mittag. Hurra! Ich habe einen Job gefunden, mit dem ich meinen Kredit bezahlen kann. Und ich kann sogar von zu Hause aus arbeiten. Und ich bekomme Gelegenheit, mein größtes Talent zu nutzen – eine gute Zuhörerin zu sein. Ich arbeite für eine Art Telefonseelsorge – ein bisschen so was wie ein guter Samariter, glaube ich. Sie nennen sich Helfende Hände. Ich habe deren Karte in der Telefonzelle gefunden. Verletzliche Menschen rufen mich auf meinem Handy an. Ich kann die Gespräche in meinem Zimmer entgegennehmen, sodass ich mir diesmal jedenfalls keine Sorgen darum machen muss, dass Joan lauscht.

14:36 Uhr. Lauschen? Ich? Frechheit! Mal ehrlich, was ich da in Bridgets Tagebuch alles lesen muss, wenn ich es abstaube und es mir versehentlich offen herunterfällt. Und ich weiß gar nicht, was sie damit meint, dass sie gut zuhören kann. Ohne ihr Hörgerät ist sie stocktaub.

Mitternacht. Was für ein Abend. Ich war die ganze Nacht am Telefon! Ich weiß schon gar nicht mehr, wie viele verzweifelte Seelen ich gerettet habe. Mir tut richtig das Handgelenk weh – ich muss über alle Anrufe genau Buch führen und die Gesprächsdauer notieren. Gut, dass ich so schnell schreiben kann …

20:15 Uhr.
Ich: »Hallo, mein Freund, was kann ich für dich tun?«
Anrufer: »Was hast du an?«
Ich: »Ich, wieso? Meine lila Strickjacke und eine ziemlich bezaubernde Perlenkette. Und du, mein Guter?«
Anrufer: »Bitte?«
Ich: »Was du anhast.«
Anrufer (fünfundvierzig Sekunden Schweigen): »Nichts …«
Ich: »Ach, du meine Güte. Du Ärmster, du wirst dir noch den Tod holen. Ich warte kurz, bis du in etwas Warmes geschlüpft bist.«
Anrufer: »Hör mal, ich hatte einen echt stressigen Tag und brauch nur jemanden, der mir hilft, du weißt schon … wenn ich Hand an mich lege.«
Ich: »Oh. Ich denke nicht, dass ich das tun sollte, mein Guter. Ich bin dafür da, dich von solchen Dummheiten abzuhalten.«
Anrufer: »Ach, so?«

Ich: »Aber ja.«
Anrufer: »Bist du sicher?«
Ich: »Ziemlich sicher.«
Anrufer: »Oh. Äh, könntest du denn wenigstens … sagen, dass ich ein unartiger Junge bin?«
Ich: »Bist du denn ein unartiger Junge?«
Anrufer: »Ein … bisschen. Schätze ich.«
Ich: »Ach du je, das klingt so schrecklich negativ. Ich glaube, ich sollte dir lieber sagen, dass du ein braver Junge bist.«
Anrufer: »Oh. Na gut. Werden brave Jungen denn übers Knie gelegt?«
Ich: »Natürlich nicht, Schätzchen. Brave Jungen bekommen ein Toffee!«
Anrufer legte auf um 20:17 Uhr.

Dienstag, 2. Juli

Bekam gerade einen Anruf vom Chef der Telefonseelsorge. Er sagte, sie müssten in Zukunft leider auf meine Mitarbeit verzichten. Kann mir gar nicht erklären, was ich falsch gemacht haben soll. Er meinte, ich würde den Anrufern nicht geben, was sie bräuchten, dabei fand ich mich eigentlich ganz mitfühlend. Selbst bei diesem komischen Mann, der

Probleme mit seinem großen, pulsierenden Himmel hatte. Na gut, dann muss ich mir eben was anderes einfallen lassen.

Samstag, 6. Juli

Es ist so heiß heute. Joan trägt nur einen Pulli. Und zwei Strickjacken. Und ihren dicken Mantel. Und Handschuhe …

Dienstag, 9. Juli

Mrs Sharples tadelt Bridget immer wieder, weil sie mit diesem jungen Poolreiniger ohne T-Shirt plaudert. Endlich hat Bridget nachgegeben und sich was übergezogen.

Mittwoch, 10 Juli

Bridget hatte heute eine Nahtod-Erfahrung. Ihren neunzigsten Geburtstag. (Nicht ihren sechsundsechzigsten, wie sie allen weismachen will.) Seit Wochen hat sie subtile Andeutungen gemacht – beim Frühstück »Happy Birthday«

gepfiffen, beiläufig über Dinge geplaudert, die sie sich schon lange wünscht, und ist im Haus herummarschiert mit einem Plakat, auf dem stand: »Ich habe bald Geburtstag!« Wie üblich hat sie alles selbst arrangiert. Wackelpeter und Eiscreme, eine Hüpfburg und einen Stripper. Alles gleichzeitig. Ich habe ihr einen Kuchen mit neunzig Kerzen gekauft, eine Karte mit einer großen 90 vorne drauf und eine Flasche neunzig Jahre alten Sherry. Selbst Mrs Sharples hatte ihr einen Luftballon besorgt, auf dem 90 stand. Den hat sie dann hinter ihrem Rücken knallen lassen.

Freitag, 12. Juli

Bin schrecklich aufgeregt, weil wir dieses Jahr im Costa Bella Hotel mit Blick aufs Meer Urlaub machen! Ich bin mir nicht ganz sicher, in welchem Teil von Spanien es liegt. Der Name des Ortes ist etwas schwierig auszusprechen, klingt aber herrlich exotisch!

Bridget ist schrecklich aufgeregt wegen dieses Urlaubs. Ich weiß gar nicht, wieso. Wir fahren doch nur nach Llandudno – genau wie im letzten Jahr. Und im Jahr davor. Und dem Jahr davor … Allerdings schüttet sie auch immer so viel Sherry in sich hinein, wenn wir im Urlaub sind, dass es nicht überraschen kann, wenn sie sich danach an nichts mehr erinnert.

Halb zwölf. Zu aufgeregt, um zu schlafen, also dachte ich mir, ich mache mich schon mal bereit und stelle meinen Koffer raus, damit der Bus am Morgen nicht auf mich warten muss.

23:32 Uhr. Zu durstig, um zu schlafen. Habe mir unten ein Glas Wasser geholt. Wäre im Flur fast über Bridget gestolpert. Sie war hellwach, hübsch zurechtgemacht in ihrem allerbesten Bikini mit Sonnenhut, saß im Dunkeln auf ihrem Koffer und baumelte mit den kurzen Beinen. Als ich Licht machte, fragte sie: »Sind wir schon da?« Habe es wieder ausgemacht und bin zurück ins Bett gegangen.

Samstag, 13. Juli

23:14 Uhr. Was für ein Start in die Ferien. Nachdem wir uns zwölf Stunden lang Bridgets Schnarchen angehört hatten, kamen wir endlich in stockfinsterer Nacht bei Windstärke zehn in Llandudno an. Nirgendwo gab es ein Schild zu unserem Hotel, also machte sich Mrs Sharples auf die Suche. Eine halbe Stunde später kam sie wieder und erklärte, wir würden leider nicht im Costa Bella Hotel mit Meerblick absteigen, da dieses über keinen Meerblick mehr verfügte. Inzwischen hatte es einen Kliffblick, nachdem es während der Antikmesse überraschend ins Meer gekippt war. Aber wir sollten uns keine Sorgen machen, denn sie habe »ein Wunder vollbracht« und uns eine »tadellose, familiengeführte Unterkunft« in der Nähe besorgt, die rein zufällig leer stand. Das roch für mich alles etwas fischig. Wenn auch nicht so fischig wie das Costa Bella Hotel.

Halb zwölf. Was habe ich gut geschlafen! Bin aufgewacht, als der Bus gerade beim Hotel ankam, erfrischt und zu allem bereit. Es war etwas regnerisch, aber bis morgen sind die Wolken bestimmt weggeweht – das mediterrane Wetter ändert sich so schnell. Joan war eher grantig, aber das ist ja nichts Neues. Ich finde, unser Hotel macht doch einen ganz zauberhaften Eindruck. Sehr netter, aufmerksamer, junger Mann an der Rezeption. Habe seinen Namen leider nicht mitbekommen. Makelloses Englisch. Konnte gar nicht die Augen von mir lassen und meinte, ich würde ihn an seine Mutter erinnern. Gewiss in jungen Jahren. Joan schien ein wenig aufzuleben, als er vorschlug, dass wir uns ein Zimmer teilen. Offenbar das beste Zimmer des Hotels, gleich neben seinem Büro. Nun, jetzt brauche ich meinen Schönheitsschlaf – es sieht so aus, als hätten wir eine vergnügliche Woche vor uns!

23:36 Uhr. Was für ein Loch. Das Bates Hotel mit Badelandschaft. Weiß nicht, wo die Badelandschaft sein soll, aber die Zimmer sind auch so schon feucht genug – gar nicht gut für meine Bronchien. Und mit diesem Inhaber stimmt irgendwas nicht, wenn man mich fragt. Er konnte seine Augen gar nicht von Bridget lassen. Ich sage Augen – aber nur eines war auf sie gerichtet, das andere schien nach eigenem Gutdünken herumzurollen. Und als wäre das noch nicht schlimm genug, haben sie nicht genug Zimmer für uns alle, sodass Bridget und ich uns eins teilen müssen. Ich wollte protestieren, war aber in dem Moment zu sehr mit Husten beschäftigt. Anscheinend hat er uns in das Zimmer seiner Mutter gesteckt. Oder sollte man besser »Schrein« sagen, angesichts des gewaltigen Porträts, das über dem Kaminsims hängt? Er hat alles genauso gelassen, wie es war, als sie noch lebte. Ihre Kleider hängen noch im Schrank, ihre Perücke sitzt immer noch auf einem Styroporkopf auf der Frisierkommode, und ihre Zähne schwimmen immer noch in einem Glas neben dem Bett. Ich sollte lieber einen kurzen Blick unter die Daunendecke werfen, bevor wir drunterkriechen, für alle Fälle.

Sonntag, 14. Juli

10:13 Uhr. Habe eben das heutige Veranstaltungsprogramm gesehen. Sieht furchtbar aus:

- 10:30 Uhr. Gebet in der örtlichen Kapelle
- 12:00 Uhr. Büfett im Dorfpub, mit einer Auswahl von dreierlei Fleisch: gebratenes Lamm, geschmortes Lamm und Hammel
- 15:00 Uhr. Konzert des örtlichen Männerchores
- 18:00 Uhr. Abendessen, bestehend aus Bara Brith, Welsh Rarebits und Porree
- 19:00 Uhr. Walisisches Bingo
- 20:00 Uhr. Groovy Geraint und seine Sounds der Seventies

Viertel nach zehn. Habe eben das Veranstaltungsprogramm gesehen. Wie es aussieht, sind wir gar nicht in Spanien. Ich sollte es Joan lieber sagen – hoffentlich ist sie nicht allzu enttäuscht.

Montag, 15. Juli

Neun Uhr. Norman hat mir beim Frühstück zugezwinkert! Es sei denn, es war nur so ein Zucken – er zuckt ziemlich viel. Er scheint in diesem Laden alles allein zu machen. Jedenfalls kommt heute für mich das Highlight unserer Ferien: Schwimmen mit Delfinen! Danach kann ich wieder etwas von meiner Liste streichen. Ob es wohl meiner kaputten Hüfte guttut?

12:15 Uhr. Bridget fragt sich, ob das Schwimmen mit Delfinen wohl eine therapeutische Wirkung zeigen wird. Ich habe ihr gesagt, wenn sie ihre kaputte Hüfte loswerden will, sollte sie vielleicht mal mit Haien schwimmen.

Vier Uhr. Bin total enttäuscht. Die hatten gar keine echten Delfine, nur aufblasbare im Hotelpool. Ich habe es trotzdem mal versucht, aber es war nicht dasselbe. Ich hatte überhaupt nicht das Gefühl, dass da irgendwie eine Verbindung zwischen uns entstand. Na gut, am Schwarzen Brett steht, dass wir heute Abend von Tom Jones unterhalten werden! Vielleicht tut er ja Wunder, was meine Hüfte angeht …

18:32 Uhr. Mrs Babbage, Miss Temple, Mrs Fayed und Miss Silverman haben Geigen und ein Cello mitgebracht und wollen uns heute beim Abendessen unterhalten. Für Donnerstag haben sie sogar ein ganzes Konzert angekündigt. Endlich mal ein bisschen Kultur! Nicht dass Bridget etwas davon mitbekommen würde – sie ist viel zu sehr damit beschäftigt, sich zu entscheiden, welche ihrer monströsen Unterhosen sie nach Tom Jones werfen will. Oder wie sie ihn möglicherweise kidnappen könnte. Ich kann immer noch nicht glauben, dass er in diesem Loch auftritt. Offenbar geht die Wirtschaftskrise an keinem von uns spurlos vorüber.

22:49 Uhr. Die Suche nach der richtigen Unterhose hätte Bridget sich sparen können. Es war gar nicht der echte Tom Jones, sondern nur ein leidenschaftlicher Imitator. Eins muss man Mr Bates lassen – mit »It's Not Unusual« ist ihm eine ganz schmissige Eröffnungsnummer gelungen, woraufhin er mit »Sexbomb« noch einen nachlegte und seinen Unterleib sehr wirkungsvoll rotieren ließ. Als er sich bei »You Can Leave Your Hat On« entkleidete, war ich leicht verunsichert, aber Bridget nahm das natürlich ganz locker. Brenzlig wurde es erst, als sie während seiner Interpretation von »Delilah« kichern musste und er sich ihr zuwandte und zwar just bei der Zeile: »I felt the knife in my hand and she laughed no more«. Die Luft war so dick, dass man sie hätte schneiden können, mit einem – na ja – Messer. Danach sang er sein Finale »The Green, Green Grass of Home«, und die Lage schien sich zum Glück wieder zu entspannen. Doch als er am Ende auf die Knie fiel und schrie: »Das tue ich nur für dich, Mutter!«, nahm ich mir vor, heute Nacht meine Schlafzimmertür abzuschließen. Und die Kommode davorzuschieben.

3:29 Uhr. Kann immer noch nicht schlafen. Ich schwöre, ich habe gesehen, wie sich die Augen von Mr Bates' Mutter bewegt haben. Also, eins zumindest.

Dienstag, 16. Juli

Neun Uhr. Mir scheint, Normans Zucken ist schlimmer geworden. Ich schätze, so kurz nach dem Tod der Mutter ein Hotel zu führen ist nicht gerade ein Zuckerschlecken. Na gut, heute Abend wird er sicher wieder in seinem Element sein. Offenbar unterhält er uns mit seinem Comedy-Programm. Gibt es eigentlich irgendetwas, was dieser Mann nicht kann?

9:10 Uhr. Diese Ader an Mr Bates' Schläfe pulsiert schon wieder. Der Himmel weiß, wie er heute Abend dieses sogenannte Comedy-Spektakel bewältigen will. Gibt es denn eigentlich irgendetwas, was dieser Mann kann?

Halb sechs. Hatte einen traumhaften Nachmittag. Wir haben dem Pier einen Besuch abgestattet und lecker Fisch gegessen. Muss allerdings sagen, dass mir die Füße ein bisschen wehtun. Ich glaube, ich nehme ein schönes, heißes Bad, bevor das Abendprogramm beginnt.

17:27 Uhr. Hatte einen traumhaften Nachmittag. Konnte dem Gruppenausflug zum Pier entkommen und habe ein paar entspannte Stunden mit meinem Kreuzworträtsel in unserem Zimmer verbracht – zumindest konnte ich mich entspannen, nachdem ich dieses grässliche Porträt umgedreht hatte. Und als ich eben dachte, der Tag könnte nicht mehr besser werden, verkündete Bridget, dass sie ein schönes, langes Bad nehmen möchte, sobald sie wiederkommt. Vielleicht gibt es ja doch einen Gott.

Sieben Uhr. Ach, du meine Güte, ich bin ganz aus dem Häuschen! Joan besorgt mir gerade einen steifen Drink. Ich lag in der Badewanne und schonte meine schmerzenden Füße, als ich mir dachte, ich zieh den Duschvorhang ganz zu und lösche das Licht, um ein kleines Nickerchen zu machen. Urplötzlich hörte ich schauerliche Musik, und auf dem Vorhang tauchte der Schatten einer Frau mit einem riesigen Messer auf! Dann fing eine blasse, knochige Hand an, den Vorhang zurückzuziehen. Danach kann ich mich an nichts mehr erinnern. Oje, oje …

19:05 Uhr. Ich wusste, es würde nicht so bleiben. Ich füllte gerade Fünfzehn Waagerecht aus und lauschte dem Stimmen von Mrs Babbages Streichquartett, als ich einen Schrei hörte, der mir das Blut in den Adern gefrieren ließ. Das konnte nur Bridget sein. Mein erster Gedanke war, dass sie im Bad eine Spinne gesehen hatte. Oder sich selbst im Spiegel. Aber offenbar hatte sie die Notfallkordel gezogen, weil sie dachte, das sei das Licht. Mr Bates war schon in seiner ach so witzigen Verkleidung als Naughty Norma, als er ihr zu Hilfe eilte, mit einem Lockenstab in der Hand, doch bis er den Vorhang zurückgezogen hatte, war sie schon in Ohnmacht gefallen. Er war so aufgelöst, dass er die heutige Show absagen musste, und so hat es im Nachhinein doch etwas Gutes. Obwohl er darauf bestand, das Porträt seiner Mutter wieder zurückzudrehen. Und von mir verlangte, mich dafür zu entschuldigen, dass ich es überhaupt angerührt hatte. Je eher wir aus diesem Laden rauskommen, desto besser …

Mittwoch, 17. Juli

Zehn Uhr. Ich komme mir etwas blöd vor, nachdem mir Joan von der Verwechslung gestern Abend erzählt hat. Ich dachte mir, ich sollte zu Norman gehen und mich entschuldigen. Er war sehr verständnisvoll. Wir haben uns sogar ziemlich lange unterhalten. Wie sich herausstellt, wollte er immer Entertainer werden, fühlte sich aber verpflichtet, sich um seine Mutter und das Hotel zu kümmern. Er tat mir richtig leid, der arme Mann. »Seien Sie nicht traurig«, sagte ich. »Nicht jeder kann ein West-End-Star sein.« »Ich wollte kein West-End-Star sein«, erwiderte er. »Ich wollte eine Stimmungskanone sein!« Tragisch.

Nun denn, wenigstens hat er heute Abend Gelegenheit, uns alle mit seiner Zaubershow in Staunen zu versetzen. Extra für ihn werde ich meine tief ausgeschnittene Strickjacke anziehen. Ich weiß, dass es ihm momentan nicht gut geht, aber ich habe so das Gefühl, dass er sich eigentlich nach einer älteren Frau sehnt. Weiß auch nicht, wieso.

23:10 Uhr. Eigentlich dachte ich, ich hätte alles gesehen, was unser Gastgeber zu bieten hat, da sprang er mit einem Zylinder auf dem Kopf hinter der Gardine im Speisesaal hervor. Wieder eine neue Rolle: »International gefeierter Magier«. Anfangs lief alles überraschend gut. Er zauberte zusammengeknotete Tücher aus seiner Tasche, ein Ei aus seinem Mund und sogar ein lebendiges Kaninchen aus seinem Hut. Dann jedoch wurde es Zeit für sein großes Finale: Die Zersägte Jungfrau. »Gibt es Freiwillige?«, rief er theatralisch und holte ein elektrisches Tranchiermesser aus seiner Jackentasche. Es konnte kaum überraschen, dass Freiwillige angesichts der letzten sechs Tage ein wenig rar gesät waren. Selbst Bridget blieb ungewöhnlich still, obwohl das auch am Sherry gelegen haben könnte. Nach etlichen Aufforderungen wurde er immer ungehaltener, zeigte mit seinem Messer ins Publikum, deutete auf einen Gast nach dem anderen und knurrte: »Nun kommen Sie schon, lassen Sie sich zersägen! Es ist völlig ungefährlich – ich hab doch eine Urkunde.« Seine Überzeugungsversuche wurden immer bedrohlicher, während das Publikum vor seiner Klinge zurückwich. »Kommt endlich, was kann schon schlimmstenfalls passieren? Was meint ihr denn, wie lange ihr noch habt?« Schließlich ging er dazu über, im Speisesaal hin und her zu rennen, während sich das Kaninchen in Todesangst an seinen Kopf klammerte und er nach allem stach, was sich bewegte. Das Geschrei war unglaublich. Was für eine Schau! Und als zusätzliche Belohnung dürfen wir alle früher nach Hause fahren, weil das Hotel behördlicherseits geschlossen und Mr Bates kurzfristig eingewiesen wurde. Das nenne ich Entertainment.

Mitternacht. Also, Norman war heute Abend so gut wie nie zuvor. Ich kann nicht behaupten, dass ich seinen Auftritt gänzlich verstanden hätte – ich könnte mir vorstellen, dass es so etwas wie ein walisischer Ausdruckstanz sein sollte –, aber in jedem Fall war das alles sehr beeindruckend, vom wilden, starren Blick bis zum künstlichen Blut überall und seinem klagenden Ruf: »Mutter, warum zwingst du mich dazu?« Ich war nur etwas enttäuscht, weil ich mir erhofft hatte, ihn hinterher noch erwischen zu können. Ich habe ein paar Minuten vor seinem Büro gewartet, aber da kam Joan, um mir zu sagen, dass man kurzfristig seine Freiheit beschneiden musste. Ist es nicht erstaunlich, was man mit diesen modernen elektrischen Tranchiermessern alles anstellen kann?

Freitag, 19. Juli

Heute war der letzte Schultag vor den Sommerferien. Kaum waren wir aus dem Bus gestiegen, als uns so ein kleiner Teufel mit seinem Skateboard beinah zu Fall brachte. Dann blieb der Frechdachs auch noch stehen, um uns zu beschimpfen! Ich reagierte darauf mit weichen Knien und Joan mit einem ihrer komischen Reflexe – so einem, bei dem sie abrupt herumfährt und ihrem Gegenüber ins Gesicht tritt. Wie sie immer sagt: Dieser schwarze Gürtel ist nicht nur dazu da, ihr Höschen festzuhalten.

Mittwoch, 24. Juli

Sengend heißer Tag. Ich habe den kühnen Entschluss gefasst, mich nackt in die Sonne zu legen – es geht doch nichts über das Gefühl von Sand zwischen den Pobacken!

Glühend heißer Tag. Ich glaube, ich sollte Bridget lieber nach Hause bringen – sie macht den Kindern in der Sandkiste Angst!

Freitag, 26. Juli

Du meine Güte, weil so viel los war, habe ich völlig vergessen, mich um ToyBoys'R'Us zu kümmern. Konnte gar nicht fassen, wie oft mir auf meinem Profil zugezwinkert wurde. Wie es aussieht, gibt es noch andere Hechte im Teich – oder in diesem Fall Hunde im Park: Welpe91. Er sagt, er will am Mittwoch gegen zwei Uhr dort sein, weil er seinen Chihuahua ausführt, und fragt, ob ich mich zu ihm gesellen möchte. Diesmal habe ich kein Problem, mich zu entscheiden, was ich anziehen will – meinen selbstgehäkelten Allwetterponcho! Und ich weiß sogar, woher ich einen Hund bekomme …

Bridget jagt also mal wieder einem Phantom hinterher. Diesmal ist es ein Phantomhund. Ich war etwas in Sorge, als sie meinte, sie wollte in den Park, um es mal mit einem Hund zu versuchen, aber als sie weiterredete, kam ich dahinter, was sie meinte. Ich überlegte, ob ich sie auf die Missverständlichkeit ihrer Formulierung aufmerksam machen sollte, aber wo bliebe da der Spaß?

Mittwoch, 31. Juli

Wieder eine Enttäuschung! Es war ein sonniger Nachmittag im Park. Ich war Punkt zwei Uhr da, mit einem Hund im Schlepptau. Ich kann mir nicht vorstellen, dass Mrs Sharples etwas dagegen gehabt hätte, mir ihren Hannibal für ein paar Stunden auszuleihen. Ich meine, irgendwo gelesen zu haben, dass Rottweiler/Dobermann-Kreuzungen viel Auslauf brauchen. Aber mich erwartete eine Überraschung. Als ich ankam, wimmelte es dort von hübschen, jungen Männern, die alle ihre Chihuahuas ausführten! Ich konnte meinen Welpen nirgends finden, doch dann fiel mir ein, dass Joan gesagt hatte, Leute, die im Internet nach einem Partner suchen, würden nicht immer ihre echten Fotos verwenden. Natürlich kann ich eine solche Vorspiegelung falscher Tatsachen selbst nicht gutheißen, aber ich dachte mir, ich sollte lieber offenen Geistes sein. Ich wollte ihn auf keinen Fall verpassen, also beschloss ich, jeden einzelnen der jungen Männer anzusprechen, um meinen kleinen Schlingel zu finden. Leider hatte ich kein Glück. Keiner von denen war mein Toyboy. Einige rannten sogar weg, als ich ihnen vorschlug, wir sollten uns mit den Hunden in die Büsche schlagen.

Da kam mir die Erleuchtung – und ich lief schnurstracks zu meiner Lieblingsparkbank, die all die Jahre so gut zu mir gewesen war. Und tatsächlich, da saß er mit seinem Chihuahua. Wir haben nett geplaudert, obwohl er recht wortkarg war. Selbst unsere Hunde schienen sich gut zu verstehen.

Am Ende hatte ich sogar Probleme, die beiden voneinander zu trennen. Und als wäre das alles noch nicht schön genug, tauchte – als ich gerade den Park verlassen wollte – ein netter, junger Mann in Uniform auf, der anbot, mich zu begleiten.

Ich frage mich, wo Bridget bleibt. Ich hoffe, sie ist nicht immer noch in diesem Park. Den Schlagzeilen des *Evening Herald* nach zu urteilen war da heute einiges los. TEUFELSHUND FRISST CHIHUAHUA und VERHAFTUNG: PERVERSER PONCHOMANN LOCKTE JUNGE MÄNNER IN DEN WALD.

AUGUST

Donnerstag, 1. August

Nach dem ganzen Theater gestern habe ich beschlossen, ein paar Tage drinnen zu bleiben und mal wieder ein bisschen fernzusehen. Der Beamte auf dem Revier fand auch, das wäre bestimmt eine gute Idee. Am besten gefällt mir diese Sendung, in der die Kandidaten einen Millionär für ihre Geschäftsidee gewinnen sollen. Es ist doch erstaunlich, auf was für absurde Einfälle die Leute kommen, um sich ein paar Taler zu verdienen. Da kam mir selbst eine Idee – Rollator-Werbung! Es liegt so nah, dass ich mich wundere, warum bisher noch niemand darauf gekommen ist. Ich muss nur die lokale Geschäftswelt davon überzeugen, dass sie uns dafür bezahlt, wenn wir ihre Werbeplakate vorn an unseren Gehhilfen anbringen. Allein in diesem Heim stehen mir potentiell zwanzig wandelnde Plakatwände zur Verfügung. Ich werde reich!

Bridget hat mir von ihrer neuesten Geschäftsidee erzählt. Es tat mir leid, ihr den Zahn ziehen zu müssen, aber ich musste sie darauf hinweisen, dass die Sache einen kleinen Haken hat – das Ganze ist absolut lächerlich. Das wird sie allerdings nicht davon abhalten – eine erfolgreiche Unternehmerin zeichnet sich schließlich dadurch aus, dass sie im Angesicht von Schwierigkeiten niemals aufgibt.

Freitag, 2. August

Angesichts der Schwierigkeiten gebe ich auf! Joan glaubt offenbar nicht daran, dass die Welt für meine originellen Innovationen bereit ist. Ich sollte eine prosaischere Strategie verfolgen, um meine Schulden zu begleichen. Dasitzen und auf ein Wunder hoffen.

Montag, 5. August

Angeblich tut eine Tasse Tee besonders gut, wenn man sich von einem Schreck erholen muss. Bevor Joan also ihren Tee trinkt, komme ich von jetzt an immer aus ihrem Schrank gesprungen und mache: »Buh!«

Brauche unbedingt ein neues Schloss für diese Schranktür. Und eine neue Strickjacke.

Freitag, 9. August

Habe Bridget heute wegen ihrer Haut zum Arzt gebracht. Er meinte, sie soll aufhören zu kratzen, und gab ihr eine Salbe. Und so einen Kragen, wie Hunde sie manchmal tragen.

Dienstag, 13. August

Ist das zu glauben? Ich habe einen Wochenendtrip für zwei Personen nach London gewonnen, alles inklusive, dank GreyDays Travel, und dazu einen Geschenkgutschein über tausend Pfund! Es war so ein Preisausschreiben, für das man anrufen muss, bei *Tässchen Tee mit Brenda und Alan*. Das Problem ist nur: Wen soll ich mitnehmen? Bei den vielen Toyboys, die mir hinterherlaufen, werde ich zwangsläufig einige enttäuschen müssen.

Bridget hat mich eben gefragt, ob ich mit ihr übers Wochenende nach London fahren möchte. Offenbar hat sie ein Preisausschreiben bei einer dieser fürchterlichen Sendungen im Nachmittagsprogramm gewonnen. Sie musste dafür nur eine Multiple-Choice-Frage beantworten: Wer ist augenblicklich Premierminister? Beim dritten Versuch lag sie richtig. Ich bin richtig enttäuscht, dass sie nicht jemand anderen mitnimmt. Ich hatte gehofft, ich könnte am Wochenende mein Puzzle entscheidend voranbringen. Na gut, ich sollte wohl das Beste daraus machen. Es könnte eine Gelegenheit sein, Bridget endlich ein wenig an Kultur heranzuführen.

Wo man in London gewesen sein muss:

- British Museum (um Bridgets Theorie zu widerlegen, dass wir uns aus Meerschweinchen entwickelt haben)
- Highgate Cemetery (um Karl Marx die Ehre zu erweisen)
- National Gallery (um Bridget zu zeigen, dass es außer Tätowierungen noch andere Künste gibt. Oft genug habe ich ihr gesagt, dass sie ihr Geld verschwendet. Ich könnte ihr die Krampfadern jederzeit mit einem Filzer verbinden.
- Royal Observatory (um Bridget zu beweisen, dass sie nicht der Mittelpunkt des Universums ist)

- Churchill War Rooms (um Bridget ein für alle Mal den Unterschied zwischen unserem ehemaligen Premierminister und dem sprechenden Hund aus der Fernsehwerbung vor Augen zu führen)
- Globe Theatre (um Bridget eine Einführung in das Werk unseres größten Schriftstellers zu geben)
- Royal Opera House (um Bridget richtige Musik nahezubringen)
- British Library (um Bridget zu zeigen, wie ein Buch aussieht)

Wo man in London gewesen sein muss:

- Harrods (um Joan an den Gedanken zu gewöhnen, dass sich Portemonnaies auch öffnen lassen)
- London Eye (damit ich Joan endlich mal überrage)
- London Zoo (um Joan das Meerschweinchen-Gehege zu zeigen)
- Notting Hill (um den Buchladen zu suchen, in dem der nette Hugh Grant arbeitet, damit er mich vor den Paparazzi versteckt, sich in mich verliebt und mich heiratet. Den Teil mit dem Buch auf der Gartenbank können wir überspringen, falls die Zeit drängt)
- Camden Market (in der Hoffnung, einen dieser süßen

sprechenden Hunde aus dieser Fernsehwerbung zu finden)
- Soho (um Joan eine farbenfrohere, kulturelle Erfahrung nahezubringen)
- Madame Tussauds (um dem großen Cliff Richard die Ehre zu erweisen)
- West End Theatre (Joan sagt, sie würde gern etwas Postmodernes oder Brechtsches sehen. Da wird sie sich freuen – ich habe Tickets für *Huey Lewis & the News: Das Musical!*)

Mittwoch, 14. August

Traumhafter Tag! Habe heute eine alte Freundin getroffen, die ich seit Jahren nicht gesehen hatte. Wie die mich angestarrt hat!

Schrecklicher Tag. Bridget hat die Kontrolle über ihr Elektromobil verloren und ist in die Warteschlange einer Bushaltestelle gerast. Zum Glück hat sie nur eine alte Frau erwischt.

Freitag, 16. August

11:38 Uhr. Von wegen bei diesem Trip ist alles inklusive. Ich musste mir meine Bahnfahrkarte selbst kaufen. Wie üblich hat sich Bridget ums Bezahlen gedrückt – sie hat am Bahnhof einfach die Sperre übersprungen. Ich sage übersprungen, aber eigentlich hat sie so getan, als würde sie in Ohnmacht fallen, sodass jemand sie tragen musste (und dabei bin ich mir nicht mal sicher, ob er ihr wirklich glaubte, dass sie schwanger war). Natürlich musste sie daraufhin die ganze Reise in der Toilette verbringen. Der Schaffner wurde nicht misstrauisch, weil sie da sowieso immer sitzt. Hinzu kam, dass der Zug eine Stunde Verspätung hatte, weil Enid mit Polizeigewalt von den Schienen entfernt werden musste.

Drei Uhr. Endlich in unserem hübschen Hotelzimmer! Leider funktioniert der Fahrstuhl nicht, und wir mussten die Treppe nehmen. Als Ex-Olympionikin bin ich sie selbstverständlich in null Komma nichts hinaufgeschwebt. Warte noch auf Joan – sie braucht etwas länger, weil sie nicht mehr so gut in Form ist wie ich. So habe ich wenigstens Zeit, den Ausblick ein wenig zu genießen.

15:11 Uhr. Endlich in unserem Hotelzimmer. Bei unserer Ankunft nahm der Page freundlicherweise Bridgets diverse Koffer entgegen. Dann gab er sie lieber mir. Bridget quasselt ununterbrochen von der Aussicht. Es war wohl zu erwarten, dass sie gut ist. Immerhin sind wir im achtzehnten Stock!

Samstag, 17. August

12:26 Uhr. Anstrengender Vormittag bei Harrods. Es heißt, dort könne man alles kaufen, was es gibt. Leider schien Bridget das für eine Aufforderung zu halten. Sie hat jeden Quadratmeter Verkaufsfläche abgegrast und Schachtel auf Schachtel in meinen Armen gestapelt, als wäre ich ihr persönlicher Packesel. Am liebsten hätte ich ihr gesagt, wo sie sich ihren Papageienkopf-Regenschirm hinstecken kann, aber den hatte ich leider schon im Mund.

Halb eins. Aufregender Morgen bei Harrods. Mit meinem Gutschein aus dem Preisausschreiben kam ich mir vor wie die Queen. Die Verkaufsberater überschlugen sich förmlich, um mir zur Hand zu gehen. Könnte ich dasselbe doch nur über Joan sagen. Was hat sie gemeckert, nur weil ich sie bat, ein paar von meinen Sachen festzuhalten! Als wir dann zum Taxi kamen, war da nicht genug Platz für meine paar kleinen Einkäufe und Joan, also musste sie mit einem dieser hübschen Boris Bikes fahren. Ich habe ihr meine blonde Ersatzperücke gegeben, damit sie auch wie Londons Bürgermeister Boris Johnson aussah. Offen gesagt war die Ähnlichkeit direkt unheimlich …

17:36 Uhr. Waren zum Picknick im Hyde Park. Bridget war so aufgeregt, als wir vor der riesigen Colin-Firth-Statue standen, dass sie fast der Schlag traf. Aber es hat nicht ganz gereicht.

Sonntag, 18. August

Halb fünf. Welch zauberhafter Nachmittag im Londoner Zoo. Hier war ich seit den Dreißigern nicht mehr. Wenn ich mich recht erinnere, war Joan auch dabei. Natürlich waren wir damals noch kleine Mädchen. Nun, ich zumindest – Joan war schon immer von stämmigerem Wuchs. Ich glaube, wenn Joan und ich in einem Zoo lebten, wäre ich etwas Keckes und Niedliches wie ein Erdmännchen. Und Joan wäre Guy, der Gorilla.

16:39 Uhr. Der Londoner Zoo war noch schlimmer als beim letzten Mal, vor all den Jahren – falls das überhaupt möglich ist. Wenigstens hat Bridget mich diesmal nicht ins Affenhaus gesperrt. Ich glaube, wenn Bridget und ich in einem Zoo lebten, wäre sie bestimmt irgendwas schrecklich Nerviges wie ein Erdmännchen. Und ich wäre ihr Pfleger.

Viertel vor fünf. Es war himmlisch, diesen wunderschönen Tieren in ihren gepflegten Häuschen so nah zu sein. Besonders den Schimpansen – die sehen aus wie kleine, haarige Leute. Offen gesagt glaube ich, einer von denen hatte ein Auge auf mich geworfen. Er hat mir sogar etwas geschenkt. Offensichtlich kann keine Spezies meiner legendären Eleganz und Ausstrahlung widerstehen.

16:45 Uhr. Es war so traurig, diese wunderschönen Tiere fernab ihrer natürlichen Umgebung zu sehen. Das einzig Vergnügliche an diesem Nachmittag war der Moment, in dem dieser erwachsene Schimpanse Bridget mit seinem Kot beworfen hat. Ich bin keine Expertin für tierische Ausdrucksformen, aber ich fand, er wirkte doch überrascht, als sie das Kompliment erwiderte.

Montag, 19. August

Zwei Uhr. Im Zug nach Hause. Du meine Güte, der helle Wahnsinn! Man sagt, wenn London dich langweilt, dann langweilt dich das Leben. Das stimmt absolut! Wir waren so sehr damit beschäftigt, uns zu amüsieren, dass ich nur ein paar Kleinigkeiten in meinem Tagebuch festhalten konnte!

14:06 Uhr. Endlich nach Hause. Von London gelangweilt, vom Leben gelangweilt.

Rückblick auf London-Reise:

- British Museum (Zeit im Museum: acht Minuten. Zeit im Souvenirladen: fünfundvierzig Minuten)
- National Gallery (erstaunlich. Wohin Bridget auch ging, schienen ihr die Blicke der Museumswärter zu folgen. Schließlich forderte man uns auf zu gehen, als Bridget versuchte, die Punkte auf George Seurats *Badende bei Asnières* zu verbinden)
- Royal Observatory (rausgeflogen, weil Bridget sich darüber beschwerte, dass an einem Ort, an dem sich immerhin alles um himmlische Körper drehte, ihr Name fehlte)

- Churchill War Rooms (rausgeflogen, als Bridget nicht aufhören wollte, »Oh, ja, ja, ja!« zu stöhnen)
- Globe Theatre (des Hauses verwiesen, weil Bridget dem Hosenbeutel des jungen Reiseführers ungebührliche Aufmerksamkeit gewidmet hatte)
- Royal Opera House (hinauskomplimentiert, als Bridget es sich nicht nehmen ließ, nach jeder Strophe »Have a banana!« zu rufen, wie in diesem alten Music-Hall-Lied)
- British Library (vom Krankenwagen abgeholt, weil Bridget unter einer Großdruck-Ausgabe von *Krieg und Frieden* begraben wurde, als sie nach *Fifty Shades of Grey* griff)

Mittwoch, 21. August

Muss meinen Sherry besser verstecken – habe Bridget gerade dabei erwischt, wie sie Brot in die Toilette warf. Sie meinte, sie füttert die WC-Enten.

Donnerstag, 22. August

Welch ein Glücksfall! Ich wusste, dass sich etwas ergeben würde. Da spaziere ich die Einkaufsstraße entlang und denke mir nichts Böses, als plötzlich dieser nette, junge Mann vor mir steht und mich fragt, ob ich schon mal beim Film war. Ich dachte mir, ich weiß, was du vorhast, Bursche – du willst mir nur ans Höschen. Leider stellte sich heraus, dass es ihm ernst war. Er meinte, er sei der Chef von Silver Screen Idols, einer Agentur für Talente über sechzig. Er gab mir dieses Formular mit und meinte, ich soll am Freitag in sein Büro kommen, um ein paar Aufnahmen zu machen und ein kleines Video zu drehen, das er Fernsehsendern und Werbeagenturen schicken kann. Wie aufregend! Bei meinem letzten Fernsehauftritt war ich Die Tote auf Bahre Nr. 2 in *Holby City*. Zumindest bis ich meinen Niesanfall bekam.

Weiß nicht, was Bridget momentan im Schilde führt, aber ich fand dieses Formular, als ich wie jede Woche ihr Zimmer aufgeräumt habe.

Name: Bridget LaFontaine

Alter: das geht keinen was an

Gesichtstyp: eine junge Judy Dench

Figur: eine zierlichere Cyd Charisse

Schauspielerfahrung: Dame Maggie Smiths Stuntdouble in *Die Besten Jahre der Miss Jean Brody*; außerdem Auftritte in einer Reihe geschmackvoller, künstlerischer Stummfilme

Gesangserfahrung: Lieh meine Stimme Audrey Hepburn in *My Fair Lady*, Julie Andrews in *The Sound of Music*, Judy Garland im *Zauberer von Oz* und Balu, dem Bären, im *Dschungelbuch* (während einer schweren Bronchitis)

Sprachen: Englisch, Französisch, Liebe

Weitere Talente: Reiten, Seiltanz, einen kleinen Trick mit Pingpongbällen, den ich in Thailand aufgeschnappt habe

Daher weht also der Wind. Sie muss verzweifelt sein. Sie hat immer gesagt, sie wollte nie wieder schauspielern. Wenn sie es denn überhaupt je getan hat. Ich weiß, wir hatten eine Weile den Kontakt verloren, und sie behauptet, sie sei in allen möglichen Filmen und Musicals aufgetreten, aber ich erinnere mich nur an diese Amateurproduktion von *Sweeney Todd* kurz nach der Schule. Soweit ich weiß, war sie die dritte syphilitische Prostituierte von links. Es hätte aber auch jede andere sein können. Leider bekommt Bridget solche romantischen Rollen nicht mehr angeboten – das Hirn mag noch aktiv sein, aber der Rest ist tote Hose.

Freitag. 23. August

Neun Uhr. Wie aufregend! Habe mein Formular abgeschickt und die Aufnahmegebühr bezahlt und gehe nachher ins Büro, um die Pressefotos machen zu lassen. Ich hätte nie gedacht, dass ich mal wieder ins Fernsehen komme. Es muss wohl Schicksal sein!

Mittag. Nun, das ist höchst seltsam. Ich verstehe es nicht. Ich bin mir sicher, dass die Adresse stimmt. 38 Calloway Street. Ich habe gesucht und gesucht, aber die Calloway Street geht nur bis Nummer 36. Da habe ich dann geklingelt, zur Sicherheit, aber der Mann sagte, er hätte noch nie was von Silver Screen Idols gehört. Obwohl er meinte, ich sei schon die dritte alte Frau, die heute Morgen nachfragen würde. Alt! Das ist ja wohl der Gipfel! Ich stehe in der Blüte meiner Jahre!

Ich suchte immer noch nach einer Erklärung, was passiert sein mochte, als ich beim Einbiegen in unsere Straße mit Mrs Willows von der Tagespflege zusammenstieß. Welch ein Zufall: Sie hielt genau so ein Formular in der

Hand wie ich. Ich fragte sie, woher sie es hatte, und sie sagte, dieser nette, junge Mann habe es ihr gegeben. Er meinte, ihre Haut sei so zart, die reine Versuchung, wie für die Leinwand gemacht. Na, da wusste ich, dass etwas nicht stimmte! Kein Mensch würde Mrs Willows Haut als zart bezeichnen. Außerdem ist sie in etwa so verführerisch wie Mrs Potters Milchreis. Und da fiel bei mir der Penny.

12:10 Uhr. Mache mir etwas Sorgen um Bridget. Seit Stunden ist sie nicht mehr reingekommen, um mich bei meinem Jumbo-Kreuzworträtsel zu stören. Vielleicht hat sie sich was weggeholt. Ich sollte lieber mal rübergehen und nach ihr sehen. Sobald ich Siebzehn Senkrecht fertig habe.

Drei Uhr. Liebes Tagebuch, der Mann in Nummer sechsunddreißig hatte recht. Ich bin eine alte Frau. Eine alberne, dumme, alte Frau. Als wollte irgendwer, dass ich ins Fernsehen komme. Ich muss verrückt gewesen sein. Und dann habe ich ihm auch noch meine letzten Ersparnisse geschickt. In meinem Alter hätte ich es besser wissen müssen. Wann werde ich es endlich lernen?

Samstag, 24. August

Ich dachte mir, ich sollte der Partnervermittlung noch eine letzte Chance geben. Und wie gut, dass ich es getan habe! Da wartete er schon und zwinkerte mir heftigst zu: Texas Toyboy! Zum Anbeißen – hat was vom jungen George Clooney. Joan wird so was von neidisch sein – ich muss es ihr erzählen!

Sonntag, 25. August

Wurde von Bridget geweckt. Konnte direkt etwas ausschlafen, denn es war erst halb sechs. Sie stand völlig neben sich. Habe kein Wort von dem verstanden, was sie sagte. Irgendwas von George Clooney, glaube ich. Habe ihr gesagt, sie soll kalt duschen und wieder ins Bett gehen.

Dienstag, 27. August

Eben habe ich eine E-Mail von meinem Texas Toyboy bekommen, und er ist tatsächlich Texaner. Er sagt, er kann es gar nicht fassen, dass ich noch zu haben bin. Ich sagte, ich könnte es auch nicht fassen, aber über Geschmack ließe sich nun mal nicht streiten. Er heißt Charles »Chuck« Dubois III. Ich mag Amerikaner. Sie sind so charmant und voller Leben!

Gerade kam Bridget wieder in mein Zimmer gehüpft. Offensichtlich geht es ihr schon viel besser. Sie sagt, sie hat einen neuen Hengst im Internet gefunden. Scheint nicht viel über ihn zu wissen, nur dass er wie ein smarter Geschäftsmann aussieht – offenbar mit hervorragenden Boxershorts. Und er ist Amerikaner. Ich kann Amis nicht leiden.

Mittwoch, 28. August

War überglücklich, als ich heute Morgen aufwachte, also habe ich mir einen Spritzer Chanel No 5 gegönnt und meinen neuen limettengrünen Omakini angezogen, bevor ich losging.

Ich glaube, den Anblick von Bridget in ihrem Omakini werde ich wohl nie vergessen. Wie auch Pater O'Brien und der Rest seiner Gemeinde.

SEPTEMBER

Sonntag, 1. September

Sehr zufrieden mit den Fortschritten, die mein Puzzle in den letzten Wochen gemacht hat. Seitdem Bridget mit diesem texanischen Jüngelchen korrespondiert, scheinen die Tage viel mehr Stunden zu haben. Und darunter sogar ein paar stille.

Mittwoch, 4. September

Zauberhafter Ausflug zum Supermarkt. Es war magisch – lauter Glitzerflitter und Riesengirlanden hingen von der Decke, auf den Kassen standen farbige Lichter. Die Regale quollen über vor Schokoladendöschen, Pralinenschachteln und Weihnachtskeksen. Sogar der Wachmann war als Nikolaus verkleidet. Ich liebe es, wenn der Advent naht und die düstere Nachweihnachtszeit endlich ein Ende hat. Ich habe bei der Gelegenheit gleich eine Weihnachtskarte für Joan gekauft, damit ich es nicht vergesse. Das würde sie mir nie verzeihen – Weihnachten ist ihr heilig. Die Ärmste hat ja sonst nicht viel, worauf sie sich freuen kann.

Erschütternder Ausflug zum Supermarkt. Das ist doch nicht zu fassen! Ich wollte etwas Pflanzendünger kaufen, aber die Gartenabteilung musste Grußkarten und Weihnachtsdeko weichen, allen Ernstes! Im September! Ich habe gerade erst meine Sommerstrickjacken eingemottet und weggeräumt. Am Eingang stand sogar so ein bärtiger Roboter, der jedes Mal »Ho, ho, ho!« rief, wenn man sich ihm auf fünf Meter näherte. Ich musste Bridget direkt am Arm mitschleifen, sonst würde sie jetzt noch mit ihm flirten. Natürlich liebt sie Weihnachten. Seit einem Monat singt sie schon »Here Comes Santa Claus« und gibt mehr Geld aus, als ihr Konto zulässt. Ich habe gesehen, dass sie mir noch eine Karte gekauft hat – jetzt sind es drei. Ich glaube, im letzten Jahr waren es insgesamt neun.

Samstag, 7. September

Auf dem Weg zum jährlichen Abendessen des Strickkreises, mit anschließendem Tanz. Obwohl ich Chuck nur ungern den ganzen Abend vor seiner Tastatur allein lasse. (Ich kann mir nicht vorstellen, dass sich ein junger Mann im Internet allein vergnügen könnte.) Heute Abend gibt es eine kostenlose Tombola – deshalb trage ich mein Glückshöschen!

Wie ich eben höre, sind die Getränke heute Abend frei, also habe ich Bridget gleich daran erinnert, dass sie ihr Glückshöschen anziehen soll. Das mit der Gummifolie im Schritt.

Sonntag, 8. September

Hatte heute Abend einen Mordsspaß beim Bingo!

Gewinnreihen – 5

Full House – 2

Gewinne – £ 5

Freude, die ich mit meinem Gesang gespendet habe – unbezahlbar

Hatte heute einen grauenhaften Abend und musste mit ansehen, was für einen Mordsspaß Bridget hatte.

Gewinnreihen – null (konnte bei Bridgets Gesang die Zahlen nicht hören)

Gewinne – null

Falschmeldungen von Bridget – 21

Male, die ich Bridget mit meinem Filzstift pieksen musste – hab irgendwann aufgehört zu zählen

Dienstag, 10. September

Gott sei Dank hat Mrs Sharples Bridget verboten, ins Internet zu gehen. Die Schlange vor dem Computer war länger als die vor der Toilette. Endlich kann ich nachsehen, wie mein Fantasy Football Team sich macht. Als ich zuletzt auf der Seite war, hatte Gordon Banks in der ersten Halbzeit gerade einen Hattrick reingelassen.

Weh mir! Verliebte Königskinder, erbarmungslos getrennt durch eine grausame Wendung des Schicksals und Mrs Sharples' neues Rotationssystem. Was kann ich bloß tun? Schlimm genug, durch ein vom Sturm umtostes Meer getrennt zu sein, doch nun verweigert man uns sogar, uns zu schreiben. Unsere weltumspannende Romanze ist dazu verdammt, zu welken und zu sterben wie eine zarte Rose ohne Sonnenlicht. Oh, eben hat er mir eine SMS geschickt.

Donnerstag, 12. September

In letzter Zeit dauert es immer ewig, durch die Fußgängerzone zu laufen, denn an jeder Ecke stehen Leute mit ihren Sammelbüchsen für wohltätige Zwecke. Sie versuchen zu entkommen, aber das lässt Bridget nicht zu.

Dienstag, 17. September

Offenbar verliert Enid wegen der vielen gescheiterten Selbstmordversuche langsam den Mut, also hat sie beschlossen, kein Risiko mehr einzugehen – sie tritt in den Hungerstreik. Dummerweise gibt es heute ihre Lieblingsspeise – Schweinshaxe –, also fängt sie erst morgen an.

Donnerstag, 19. September

Herrgott noch mal, Bridget treibt mich in den Wahnsinn! Egal wo sie ist – im Fernsehraum, am Esstisch, auf der Toilette –, ununterbrochen höre ich, wie ihre kleinen Daumen vor sich hin tippen. Gott weiß, was es sie kosten muss, so viele SMS zu verschicken. Ich hätte gedacht, dass dieser Unsinn längst zu Ende wäre. Aber es ist bestimmt nur eine Frage der Zeit. Da er in Amerika lebt und sie in ihrer eigenen, kleinen Welt.

Samstag, 21. September

8:59 Uhr. Freue mich schon auf das Stadtfest heute. Es bietet alles, was so ein altmodisches Fest haben sollte: ein Teezelt vom Landfrauenverein, eine Dampfmaschine, Frettchenwettlauf, Bogenschießen, eine Gehstock-Vorführung und natürlich der jährliche Geschicklichkeitsparcours für Schweine: »Ein Mann und seine Sau«.

Neun Uhr. Freu mich schon auf das Stadtfest heute! Es bietet alles, was so ein altmodisches Fest haben sollte: ein Bierzelt voller Rugby-Spieler, dazu die örtliche Feuerwehr,

Polizeihundeführer und hübsch verschwitzte Hufschmiede (allesamt ein wahrer Augenschmaus). Außerdem ist der hinreißende Barry Cook in diesem Jahr Preisrichter beim Backwettbewerb!

10:57 Uhr. Wir waren früh da, weil ich sichergehen wollte, dass meine Rosinen-Zimt-Brötchen (das Rezept meiner Mutter) unversehrt abgeliefert wurden, bevor Bridget sie kaputt machen konnte. Sie sind mir offenbar gut gelungen, sodass ich davon ausgehe, dass sie in der Kategorie »Gebackene Leckereien zum Tee« Gold gewinnen, wie schon in den letzten dreißig Jahren. Bridget meinte, sie wollte mit ihren berühmten Käse-Kräuter-Scones antreten, aber – wie ich ihr in Erinnerung rufen musste – darf sie seit 2003 nicht mehr am Wettbewerb teilnehmen, denn sie wurde disqualifiziert, weil sich in ihrem Victoria Sponge Cake eine verbotene Substanz befand. Fast wäre sie damit durchgekommen, doch irgendwer wurde misstrauisch und forderte einen Test, bei dem Viagra nachgewiesen wurde. Niemand konnte bestreiten, dass er prächtig hochgekommen war. Vor allem die Männer, die ihn probiert hatten.

Elf Uhr. Joan ist schrecklich eingebildet mit ihren Brötchen. Dabei sind sie ihr in so mancher Hinsicht ähnlich – flach und trocken, mit verschrumpelten Trauben –, aber bestimmt geht sie davon aus, dass sie wieder gewinnt. Ich bin mir sicher, dass sie die Jury irgendwie in der Hand hat. Nach wie vor hege ich den Verdacht, dass sie damals diejenige war, die meinen Victoria Sponge Cake einem Drogentest unterziehen ließ. Jedenfalls wird ihr bei meinen Käse-Kräuter-Scones das Grinsen schon vergehen. Ich weiß nicht, was es mit diesen Pflanzen auf sich hat, die mir der nette junge Mann mit den Dreadlocks neulich auf der Straße verkauft hat, aber seit ich mein Rezept mit dem Kraut verfeinere, kriegen die Bewohner gar nicht genug davon. Wenn sie erst ein paar gegessen haben, hören sie nicht mehr auf zu grinsen und zu kichern. Wie schön, dass man mit Gebäck anderen eine solche Freude bereiten kann! Ich weiß ja, dass ich vom Wettbewerb ausgeschlossen wurde, aber ich bewerbe mich sowieso unter falschem Namen. Verbotene Substanzen im Backwerk? Wer macht denn so was?

14:17 Uhr. Oje, Bridget hat jetzt schon drei große Flaschen Real Ale intus. Sie macht sich gerade zum Gespött der Leute und flirtet mit dem halben Bierzelt. Und den

Feuerwehrleuten. Und den Polizeihundeführern. Und den Polizeihunden. Ich kann nur hoffen, dass sie nicht in die Nähe von diesem netten Mr Cook kommt – nach seinen Problemen tritt er erst seit Kurzem wieder in der Öffentlichkeit auf. Angeblich konnte er sich nicht an all die weibliche Aufmerksamkeit gewöhnen, die man ihm damals entgegenbrachte, als er noch »Ausgekocht mit Käpt'n Cook« moderierte. Wohin er auch ging, überall stürzten sich alte Damen auf ihn und wollten in die hängenden Hintern gekniffen werden. Schließlich suchte er Zuflucht in illegalen Substanzen und trat seitdem nicht mehr im Fernsehen auf. Er hat es gerade erst geschafft, seine Sucht zu besiegen, der arme Kerl.

Drei Uhr. Ich weiß gar nicht, was alle immer mit diesem Real Ale haben. Ich kann das Zeug trinken wie Tee – ich bin bock-… schock-… stocknüchtern! Dabei fällt mir ein, dass ich mal einen Blick ins Teezelt werfen sollte, um dabei zu sein, wenn dieser knackige Barry Cook beim Backwettbewerb seine Wahl trifft, bevor es mit der Feuerwehrvorführung und der Hundestaffel losgeht. Darf mir Joans langes Gesicht nicht entgehen lassen, wenn ich sie mit meinen Scones bezwinge!

16:00 Uhr. Ich will gern zugeben, dass ich leicht schockiert war, als ich von der überraschenden Bewerbung in der Kategorie »Gebackene Leckereien zum Tee« erfuhr. Ich habe ja nichts gegen gesunden Wettbewerb, aber das stank doch zum Himmel. Nun, irgendwie roch es tatsächlich, wenn ich auch nicht genau sagen konnte, wonach. Wie zu erwarten, war Mr Cook von meinen Rosinen-Zimt-Brötchen begeistert. Dann jedoch kamen die sogenannten Reggae-Reggae-Scones an die Reihe. Anscheinend von einer mysteriösen Bewerberin eingereicht. Er drückte sie und roch daran herum, dann kostete er und nickte. Und nickte. Und plötzlich konnte er gar nicht genug davon bekommen und schaufelte das Zeug in sein dämliches Dauergrinsen, als gäbe es kein Morgen. So etwas habe ich seit dreißig Jahren nicht mehr erlebt.

Vier Uhr! Ja! Ja! Ja! Ihr hättet sehen sollen, wie Joan geschmollt hat, als ich ihr den Sieg rotzfrech vor der Nase weggeschnappt habe! Barry war ganz verrückt nach meiner Spezialmischung und kicherte wie ein Schulmädchen! Bestimmt wird Joan wieder einen Drogentest fordern. Nun, das ändert nichts an der Tatsache, dass ich sie besiegt habe, und es wird Joan nicht schaden, sich mal ein Jahr lang mit Silber zu begnügen. Noch etwas, das ich von meiner Liste streichen kann, und dabei stand es noch nicht mal drauf! Wollen meine Talente denn gar kein Ende nehmen? Zu guter Letzt wird es nun doch noch mein Jahr!

Sonntag, 22. September

In meinem ganzen Leben bin ich noch nie derart erniedrigt worden. Um den ersten Preis gebracht von dieser ach so mysteriösen Bewerberin. Die sich natürlich als Bridget entpuppte! Kaum hatte Mr Cook seine Entscheidung verkündet, da kletterte sie schon auf die Bühne und knutschte ihn ab, woraufhin der arme Mann die Flucht ergriff, mit den Armen voller Scones. Am Ende fand man ihn bewusstlos in einem Dixi-Klo.

Und dann, wie meine Mutter immer sagte: »Wenn man eben noch denkt, schlimmer kann es nicht mehr werden, darf man getrost davon ausgehen, dass es dann erst richtig dick kommt.« Und so war es auch. Gerade wollte ich offiziell Einspruch erheben, was eigentlich gar nicht meine Art ist, als plötzlich unzählige Polizeihunde samt Hundeführern das Zelt stürmten, über die Korbflaschen mit dem Rhabarberwein und die Gläser mit der Hammelmöhrenmarmelade sprangen, silberhaarige Amateurköchinnen niedermähten und sich zielstrebig auf die verbliebenen Scones stürzten. Was dann passierte, kann ich gar nicht genau sagen. Alles ging so schnell. Offenbar hat Bridget das Zelt fluchtartig verlassen, dicht gefolgt von der Hundemeute. Draußen sprang sie auf ihr Elektromobil. Dem Lokalradio nach zu urteilen schaffte sie es bis zum Schweineparcours. Und dann bis zu den Treckern. Und zur Gehstock-Vorführung. Sie nahm sogar erfolgreich die Rampe mit dem Flammenden Feuerring, den der Löschzug aufgebaut hatte. Schließlich jedoch endete ihre Glückssträhne, und sie wurde von den Hunden am Zaun eingekesselt, als sie vergeblich versuchte hinüberzuklettern. Sie mag sich ja für einen Filmstar halten, aber dieser Filmstar ist definitiv nicht Steve McQueen.

Montag, 23. September

Es ist nicht leicht, Bridget so hilflos im Krankenbett liegen zu sehen, komatös, am Tropf hängend. Ich habe es versucht, aber die Besuchszeiten überschneiden sich mit *Columbo*.

Mittwoch, 25. September

Arme Bridget. Habe gerade ihr Tagebuch gelesen. Langsam tut mir die dusselige Trine richtig leid. Wie sie es sich auch schönreden mag – bei ihr ist in diesem Jahr viel schiefgegangen. Also habe ich beschlossen, ihr eine kleine Überraschung zu organisieren. Ich fand, sie sollte mindestens noch einen Punkt auf ihrer Liste abhaken, also habe ich uns für nächsten Monat einen Kurzurlaub gebucht. Bis dahin wird sie bestimmt aus dem Krankenhaus entlassen.

Donnerstag, 26. September

Endlich ist Bridget wieder bei Bewusstsein. Ich glaube, sie hat sich gefreut, mich zu sehen, obwohl sie sich eher dafür interessierte, wo ihr Handy geblieben war. Ich habe ihr gesagt, dass es vermutlich in einem der verdächtigen Scones dieser mysteriösen Bewerberin gelandet ist. Als sie sich endlich dazu herabließ, mit mir zu sprechen, wurde sie ganz ernst. Sie konnte ja noch nie so gut mit Krankheiten und Verletzungen umgehen, aber sie meinte, sie hätte furchtbare Angst, bei lebendigem Leib begraben zu werden. Da konnte ich sie beruhigen. Ich habe ihr versprochen, sicherheitshalber alle lebenserhaltenden Maßnahmen so schnell wie möglich zu unterbinden, sobald sie abbaute. Munter wurde sie allerdings erst, als der Arzt ihr mitteilte, dass sie Anspruch auf Schmerzensgeld hat, aufgrund der mangelhaften Sicherheitsvorkehrungen auf dem Stadtfest.

Montag, 30. September

Heute wurde Bridget aus dem Krankenhaus entlassen. Na gut, wenigstens die Hälfte von meinem Serienkiller-Puzzle habe ich geschafft. Wer hätte gedacht, dass es so viele gab? Man fragt sich, was bei denen das Fass zum Überlaufen brachte. So viele Bridgets kann es auf der Welt doch gar nicht geben, oder?

OKTOBER

Dienstag, 1. Oktober

Wie schön, wieder da zu sein, wo ich hingehöre – an Joans Seite. Und am Wochenende machen wir einen Überraschungsausflug. Sie meint, ich soll für drei Tage packen, also fange ich schon mal an, dann bin ich bis zum Wochenende damit fertig. Kann nicht gerade behaupten, dass ich in der Stimmung für Museen oder irgendwas Militärisches bin, aber ich denke, ich sollte wohl meinen guten Willen zeigen.

Freitag, 4. Oktober

Fünf Uhr. Tolle Überraschung. Blackpool. Hier war ich bestimmt schon hundertmal. Keine Ahnung, wie Joan darauf kommt, dass es mir gefallen würde, ausgerechnet zu dieser Jahreszeit. Sie hat uns ein Zimmer in einer von diesen popeligen, kleinen Frühstückpensionen an der Uferpromenade gemietet. Natürlich ohne Sterne. Was dem Laden fehlt, macht er wenigstens mit seinem Standort wett. Es sind keine dreihundert Meter bis zum Wasser. Bei Flut erheblich weniger. Wahrscheinlich spart man sich so den Swimmingpool im Vorgarten.

17:12 Uhr. Ich weiß gar nicht, was Bridget zu meckern hat. Meine Eltern sind oft mit mir hergefahren, als ich klein war. Viel hat sich hier nicht verändert, abgesehen vielleicht von der leichten Küstenerosion. Ich hoffe, Bridget reißt sich bald mal zusammen. Seit sie ihr Handy verloren hat, bläst sie Trübsal – ich glaube nicht, dass ich es noch viel länger aushalte, diejenige zu sein, die hier Frohsinn verbreitet.

Samstag, 5. Oktober

Mittag. Was für ein Morgen! Joan ist mit mir am Wasser entlangspaziert. Das Meer war schrecklich aufgewühlt, und ein paarmal wurde ich um ein Haar von den Wellen mitgerissen. Ich musste mich an Joan festhalten, bis die Gefahr vorbei war. Zum Glück ist sie stämmiger als ich, aber auch bei ihr gibt es Erosionserscheinungen. Danach waren wir auf dem Pier. Mir wurde ganz schwummerig, als ich zwischen den Planken hindurchgeguckt habe, also musste ich mich einen Moment in der Spielhalle hinsetzen.

12:04 Uhr. Was für ein Morgen! Bridget hat sich auf der Promenade jedes Mal an mich geklammert, sobald sie auch nur einen Hauch von Gischt abbekam. Wenigstens hat der Wind ihren Hut weggeweht, auf dem stand: »Küss mich schnell! Ich hab nicht mehr viel Zeit!« Dann hat sie mich in die Spielhölle auf dem Pier gelotst, unter dem Vorwand, ihr sei irgendwie schwummerig. Zu allem Überfluss musste ich auch noch dafür bezahlen, dass sie an jeder einzelnen verfluchten Maschine spielen konnte, die es in diesem Laden gab, weil sie angeblich »kein Kleingeld« dabeihatte. Die Frau schleppt jedes Mal das halbe Bruttosozialprodukt der Schweiz an Münzen mit, wenn sie zum Supermarkt geht, steht aber mit einem Fünfzig-Pfund-Schein im Spielsalon! Wenn ihr nicht schon wieder schwummerig geworden wäre, hätte es mich ein kleines Vermögen gekostet. Bin mir nicht sicher, was eigentlich los war, aber sie wurde ganz blass, als sie in den »Was der Butler sah«-Kasten geguckt hat. Ich frage mich, welche Laus ihr über die Leber gelaufen ist. Und das ausgerechnet, als ich dachte, ich hätte sie ein wenig aufgemuntert.

15:36 Uhr. War schnell noch mal auf dem Pier, während Bridget ein Nickerchen gemacht hat. Habe herausgefunden, was mit ihr los war. Und was der Butler sah! Also ist Bridget doch in Filmen aufgetreten. Nun, in einem zumindest. Und in dem hatte sie gleich mehrere Auftritte. Unterm Esstisch, auf der Anrichte, in der Kammer und im Stall. Eine fleißigere Dienstmagd hat die Welt noch nicht gesehen – hoffentlich kriegt sie einen Weihnachtsbonus. Darf nicht vergessen, zu Hause bei Amazon nachzusehen, ob es den Film auch auf DVD gibt. Nicht dass ich ihn mir kaufen würde. Oder ihn den Bewohnern beim Filmabend vorführen.

Acht Uhr. Fühle mich besser, nachdem ich meine Augen ein wenig ausgeruht habe. Kann mich überhaupt nicht erinnern, was passiert ist. Ich habe Joan gefragt, aber sie war eher zugeknöpft. Muss mir wohl was eingefangen haben. Ich wusste, ich hätte zu Hause bleiben sollen. Jedenfalls klopft Joan gerade an, um mit mir bei dieser Kälte den Nachmittag am Strand zu verbringen. Ich weiß nicht, wie lange ich das noch aushalte. Ich weiß, sie meint es gut, aber ich wünschte, sie würde mich einfach in Ruhe lassen, damit ich traurig aus dem Fenster starren und an meinen Chuck denken kann. Na gut, wenigstens ist ein Ende in Sicht.

Sonntag, 6. Oktober

16:41 Uhr. Bridget war heute Nachmittag am Strand schrecklich niedergeschlagen. Normalerweise hüpft sie in ihrem neonpinken Badeanzug wie eine epileptische Krabbe am Flutsaum entlang, um die Rettungsschwimmer auf sich aufmerksam zu machen. Sie aufzuheitern ist mühsamer als erwartet. Obwohl ich sagen muss, dass es doch ganz amüsant war, als diese Möwe ihren Hut mit der Aufschrift: »Küss mich schnell und drück mich sanft – ich habe spröde Knochen.« holte. Und als dann diese andere Möwe mit ihrer Perücke wegflog. Die arme Frau war der Verzweiflung nah, also hielt ich es für das Beste, sie irgendwie aufzumuntern. Glücklicherweise entdeckte ich kaum zwanzig Meter weiter einen Zuckerwattestand, und schon Minuten später war sie wieder ganz die Alte. Bis der Regen kam. Und ihr die neue, rosa Perücke über das Gesicht lief.

Viertel vor fünf. Ich will nach Hause. Halb erfroren, klitschnass und jetzt auch noch gedemütigt. Warum quält Joan mich so? Ich dachte, sie ist meine Freundin. Ich weiß immer noch nicht, wieso sie mich eigentlich hierhergebracht hat. Sie meinte, es hätte etwas mit meiner Liste zu tun, aber ich habe keine Ahnung, wovon sie spricht. Mir reicht's. Ich bleibe im Bett, bis wir morgen nach Hause fahren. So kann sie mir das Leben wenigstens nicht noch mehr vermiesen.

Halb zehn. Am Abend hat Joan wieder an meine Tür geklopft. Ich habe ihr gesagt, sie soll mich in Ruhe lassen, doch sie meinte, sie müsste mir was Wichtiges zeigen. Widerwillig bin ich ihr aus der Pension in die dunkle Nacht und die Straße hinunter gefolgt. Nachdem wir ein Stück gelaufen waren, blieb sie stehen und warf einen Blick auf ihre Uhr. Ich sah mich um.

»Was soll das?«, fragte ich etwas mürrisch. »Wozu hast du mich hergebracht? Reicht es nicht, dass du mein Handy versteckst? Willst du mir jetzt den Rest geben? Willst du mich vor die nächste Straßenbahn schubsen?«

»Schscht«, machte sie. »Wir müssen nur noch eine Minute warten.«

»Worauf warten?«, fragte ich. »Ich begreif es nicht. Was machen wir hier?«

»Ich sag es doch. Wart's ab«, antwortete sie schroff.

»Nein«, sagte ich. »Ich meine, was machen wir *hier*? In Blackpool? Ich war schon hundertmal hier. Wieso meinst du, es würde mir guttun?«

»Ja, aber warst du schon mal zu dieser Jahreszeit hier?«, fragte Joan.

»Nein, natürlich nicht. Warum sollte ich? Es ist bitterkalt! Ich begreif es einfach nicht.«

»Leider reichten meine Ersparnisse nicht ganz bis zum Polarkreis«, sagte sie und blickte von ihrer Uhr auf, »also dachte ich mir, das hier kommt dem doch schon ziemlich nah.« Ich folgte ihrem Blick. Plötzlich war die Nacht von glitzernden Raumschiffen erfüllt, von lachenden Seeleuten und dem funkelnden Turm – alles erstrahlte von Milliarden Watt guter, alter, nordischer Elektrizität. »Die Blackpool Illuminations«, verkündete sie stolz. »Die wahren Nordlichter.«

Ich starrte sie an, dann wieder die Lichter.

»Aber Joan …«, sagte ich strahlend. »Das ist ja wunderschön!«

Montag, 7. Oktober

Toi, toi, toi. Ich glaube, unser kleines Wochenende hat gewirkt. Bridget ist wieder nervig wie eh und je. Und mir hat es auch gutgetan. War bei Amazon und fand eine DVD mit dem Titel *Was der Butler sah*, mit einer gewissen Bridget LaFontaine. Es hieß, Kunden, denen dieser Film gefiel, könnte auch eine weitere DVD gefallen – *Der Weihnachtsbonus*. Und *Bridget Bürstet Bridlington.*

Dienstag, 8. Oktober

Weiß überhaupt nicht, wieso ich mir die Mühe gemacht habe, Bridget ganz bis nach Blackpool zu schleppen. Um sie aufzuheitern, war nur ein netter, junger Polizeibeamter mit ihrem Handy im Plastikbeutel nötig. Offenbar hatte man es aus irgendeinem Grund auf Anrufe nach Kolumbien hin überprüft. Er entschuldigte sich dafür, dass er es erst jetzt zurückbrachte, obwohl es eigentlich nur ein paar Minuten dauerte, um festzustellen, dass von diesem Handy keine solchen Anrufe getätigt worden waren. Aber es dauerte weitere zwei Wochen, bis die Jungs vom Revier jede einzelne ihrer höchst unterhaltsamen, leicht obszönen Kurznachrichten gelesen hatten. Ehrlich, ein paar SMS von ihrem Toyboy, und schon tanzt sie draußen im Garten Pirouetten. Ich fürchte um meine preisgekrönten Geranien.

Ich bin so aufgeregt. Ich bin so aufgeregt. Ich verliere noch den Verstand – und ich glaube, es gefällt mir! Chuck hat geschrieben, dass er von Amerika rüberkommt und es nicht erwarten kann, mich kennenzulernen!

Mittwoch, 9. Oktober

Das Problem ist nur, dass er mich auf Magnolia Hall besuchen will. Er sagt, er kann es kaum erwarten, mich in meinem aristokratischen Umfeld zu erleben. Wenn ich es recht bedenke, war ich auf dieser Website vielleicht ein wenig zu kreativ mit meinem Benutzernamen. Na gut, ich denke, ich kann ihn auch hier empfangen. Mrs Sharples fährt mit den Bewohnern übers Wochenende nach Milton Keynes. Ich muss nur so tun, als wäre mir schwummerig, und schon verpasse ich den Ausflug. Er wird nichts merken. Dieses alte Gemäuer könnte bestimmt als Herrensitz durchgehen, wenn man ziemlich viel Arbeit reinsteckt. Hmmm … Vielleicht wäre es das Beste, wenn Joan genauso schwummerig wird wie mir.

Samstag, 12. Oktober

Eben wurden zwei Frauen aus dem Gemeindesaal getragen. Wahrscheinlich hat Bridget wieder ohne Sport-BH beim Zumba mitgemacht.

Mittwoch, 16. Oktober

War im Schönheitssalon, um mich auf mein Rendezvous mit dem Schicksal vorzubereiten. Die Kosmetikerin schlug mir ein Vajazzling vor. Ich hatte keine Ahnung, was sie meinte, also musste ich Joan fragen.

Bridget hat mich eben gefragt, was Vajazzling ist. Ich habe ihr gesagt, bei ihr wäre das, als würde man den Arc de Triomphe mit kleinen, bunten Lämpchen behängen.

Freitag, 18. Oktober

Hatte heute Morgen keine Zeit, zum Supermarkt zu gehen – war zu beschäftigt damit, mich für Chuck herzurichten. Ich habe Joan eine kleine Liste für das morgendliche Abendessen mitgegeben. Ihrem Rat folgend habe ich mich streng an mein begrenztes Budget gehalten.

Einkaufsliste:

Austern – 2 Dutzend

Gänseleberpastete – 250 Gramm

Filetsteaks – 3 (eins blutig, eins medium, eins gut durch, für alle Fälle)

Kartoffelspalten – 1 Beutel

Safran – 1 Glas (für die Bratensoße)

Cognac Napoleon – 1 Flasche (für zwischendurch)

Champagner – 1 Magnum

Nashornpulver – 100 Gramm (für den Kaffee)

Schlimm genug, sich damit abzufinden, dass Bridget unerträglich etepetete ist, soll ich jetzt auch noch die Einkäufe für Myladys »romantische Soiree« erledigen. Wenigstens gibt mir das die Möglichkeit, ihre Ausgaben ein wenig im Zaum zu halten. Wobei es eigentlich völlig egal ist, welche Zutaten ich kaufe, da am Ende sowieso alles verbrannt oder zerkocht ist oder eine interessante blaue Farbe hat.

Samstag, 19. Oktober

Sechs Uhr. Ich weiß nicht, wo mir der Kopf steht. Mache mich für heute Abend bereit. Ich bin mir ziemlich sicher, dass Chuck meine aristokratische Herkunft erkennen wird, aber ich darf mein Designer-Abendkleid von Holly Willoughby trotzdem nicht mit der Moonlight-Serenade-Wimperntusche vollschmieren. Oh, und ich darf nicht vergessen, Joan zu erklären, was sie heute Abend zu tun hat. Auf keinen Fall möchte ich meine Chancen wegen etwaiger Nachlässigkeiten aufs Spiel setzen.

18:06 Uhr. Ich kann nicht glauben, was ich alles zu tun bereit bin, um etwas mehr Zeit für mein Puzzle zu bekommen. Jetzt hat mich Ihre Majestät in eine erniedrigende Uniform gesteckt, damit ich ihr und ihrem angereisten Texaner das Abendessen servieren kann. Und es ist nicht mal eine echte Uniform, sondern das knappe Kostüm eines französischen Dienstmädchens. Na gut, *c'est la vie*.

Halb elf. Ein gelungener Abend. Ich muss zugeben, dass ich etwas nervös war, aber ich hätte mir keine Sorgen machen müssen. Chuck war von mir so hingerissen, dass er sein Essen kaum angerührt hat. Er war zu sehr damit beschäftigt, mir Komplimente für meine hinreißenden Augen und mein hinreißendes Haus zu machen. Selbst Joan war nicht so mürrisch wie sonst und spielte ihre Rolle mit einer Anmut und Körperbeherrschung, die ich bei ihr nicht mehr gesehen habe, seit sie den Ententanz beherrschte, ohne die Anrichte zu zerkratzen. Als sich der Abend schließlich dem Ende zuneigte, verabschiedete er sich, indem er an seinen Stetson tippte, mir einen Kuss auf die Wange gab und in den Sonnenuntergang schlenderte. Daumen drücken! Es könnte sein, dass ich endlich die Liebe meines Lebens gefunden habe! Na gut, vielleicht ist er nicht mehr ganz so jung, wie er behauptet hatte, aber deshalb geht er immer noch als Toyboy durch.

22:37 Uhr. Ein gelungener Abend. Bridget blieb kaum Zeit, ihr Diadem aufzusetzen, als es an der Tür klingelte und man mich schickte, ihren Toyboy zu empfangen. Ich sage Toyboy, aber er war bestimmt fast so alt wie sie – überbezahlt, überbewertet und über achtzig. Das ganze Botox konnte niemanden täuschen. Außer Bridget, die sich einmal mehr rundweg weigerte, ihre Brille aufzusetzen, weil sie meint, die macht sie alt. Erstaunlicherweise schien es zu funktionieren. Er schmeichelte ihr den ganzen Abend, obwohl er es nicht fertigbrachte, auch nur eine einzige Gabel ihrer kulinarischen »Köstlichkeiten« zu sich zu nehmen. Sie waren sofort auf derselben Wellenlänge. Als der Abend schließlich zu Ende ging, setzte er seinen albernen

Cowboyhut auf den halbkahlen Kopf, schaffte es irgendwie, Bridgets sabberndem Kussmund zu entkommen, und schlurfte von dannen.

Sonntag, 20. Oktober

Ein magischer Tag! Seit dem romantischen Rendezvous gestern Abend ist mir, als wäre die Welt voller Musik! Ich habe ganz vergessen, mit Joan zu reden.

Ein magischer Tag! Ich sollte Bridgets Hörgerät öfter mal gegen einen iPod tauschen.

Dienstag, 22. Oktober

Mein Serienkiller-Puzzle kommt gut voran, seit Bridgets Beau aufgetaucht ist. Ich habe alle Ecken und das meiste vom Himmel. Endlich kann ich das Verbrecheralbum ausfüllen. In diesem Tempo könnte ich mit etwas Glück bis Weihnachten fertig sein.

Mittwoch, 23. Oktober

Traumhaft entspannter Tag mit Chuck. Waren am Morgen im Griffelkastenmuseum und am Nachmittag im Teekannenland.

Traumhaft entspannter Tag ohne Bridget. Habe heute Morgen Dr. Crippen fertig gemacht und am Nachmittag den Würger von Boston.

Freitag, 25. Oktober

Joan freut sich schon auf Halloween. Es ist der einzige Feiertag, auf den sie sich freut. Weihnachten ist nichts für sie – sie meint, es sei ihr in letzter Zeit zu religiös geworden. Sie organisiert eine Party im Pflegeheim. Wir wollen es so schmücken, dass es aussieht wie ein Spukschloss. Das dürfte eigentlich nicht allzu lange dauern. Sie hat sich sogar extra ein paar Spiele überlegt, was ihr überhaupt nicht ähnlich sieht, aber sie behauptet steif und fest, es wird ein Riesenspaß. Beim Äpfelschnappen bin ich mir nicht sicher – das sieht ziemlich schwierig aus. Joan sagt, man muss den Kopf nur richtig tief ins Wasser tauchen. Sie meint, wenn ich damit Probleme habe, würde sie mir liebend gern helfen. Morgen gehe ich mir ein Kostüm kaufen. Ich habe versprochen, Joan mitzunehmen, damit sie sich auch eins besorgen kann – sie ist nicht sonderlich geschickt mit Nadel und Faden. Wirklich schade, dass mein Chuck so überraschend auf Geschäftsreise musste. Ich werde mich wohl daran gewöhnen müssen, schmückendes Beiwerk eines viel beschäftigten Impresarios zu sein.

Montag, 28. Oktober

Bridget stolziert im Wohnzimmer umher, in ihrem neuen Onesie. Man kann nur hoffen, dass sie ihn wieder auskriegt, wenn sie einen Twosie braucht.

Dienstag, 29. Oktober

Waren nachmittags in der Stadt, um unsere Halloweenkostüme zu besorgen. Vom Schmerzensgeld, das ich für diesen Unfall bekommen habe, konnte ich nicht nur alle meine Schulden begleichen – es ist sogar noch ein hübsches Sümmchen übrig. Erstaunlich, wie schnell die nachgegeben haben, als Joan ihnen damit drohte, meine Geschichte an *Hund & Herrchen* zu verkaufen. Es wird Zeit, etwas davon auszugeben. Ich muss sagen, ich war wirklich beeindruckt von der Auswahl in diesem neuen Laden – da gab es alle möglichen Kostüme. Schrecklich, aber schön – wie Joan und ich. In dieser Reihenfolge. Am Ende habe ich etwas gefunden, mit dem ich den Kostümwettbewerb ohne Probleme gewinnen dürfte.

Das war das letzte Mal, dass ich mich von Bridget zum Shoppen mitschleppen lasse. Wir sind in der Fußgängerzone in irgend so einem neuen Laden namens Gran Summers gelandet. Etwas Vergleichbares habe ich noch nie gesehen. Ich weiß gar nicht, was schlimmer war – das Häschen im Schlafrock oder die Sexy Schülerlotsin. Überall standen seltsam riechende, bunte Flüssigkeiten und Geltuben herum. Es sah aus wie auf Bridgets Frisierkommode. In so einem Kostümladen war ich in meinem ganzen Leben noch nicht, so viel ist sicher! Am Ende musste ich mein Kostüm online bestellen – einen guten, alten fleischfressenden Zombie. Ich hoffe nur, dass er auch pünktlich ankommt.

Mittwoch, 30. Oktober

Weil im Fernsehen dauernd von Überfällen im Zusammenhang mit Rentnern die Rede ist, traut sich Joan nicht mehr vor die Tür. Sie hat Angst, dass die Polizei sie doch noch erwischt.

Donnerstag, 31. Oktober

Na, das war vielleicht ein Abend! Ich kann nicht gerade behaupten, dass Halloween-Partys mein Fall sind. Es ist nicht einfach, bei einer so makaberen Veranstaltung hübsch auszusehen, aber ich glaube, es ist mir ganz gut gelungen, nicht zuletzt, weil ich als sexy Dritte-Welt-Laden-Verkäuferin ging. Ich weiß nicht, was Joan eigentlich darstellen wollte. Irgend so etwas wie einen Zombie, glaube ich. Leider habe ich den Kostümwettbewerb nicht gewonnen, aber wie immer war ich eine gute Verliererin. Und am Ende war ich doch noch die Gewinnerin. Immerhin habe ich einen viel besseren Preis bekommen!

Na, das war vielleicht ein Abend! Erst kam mein Kostüm nicht, sodass ich in Alltagskleidung auf die Party gehen musste. Dann hat Bridget die Wasserschüssel, die eigentlich fürs Apfelschnappspiel gedacht war, über der Katze ausgekippt, weil sie den Kostümwettbewerb nicht gewonnen hatte. Es war ein knappes Ergebnis, aber schließlich bekam Enid den ersten Preis für ihre gelungene Verkleidung als Opfer des Kettensägenmassakers. Auch wenn sie später disqualifiziert wurde, als die Jury merkte, dass sie gar nicht verkleidet war.

Der Abend nahm eine unerwartete Wendung, als der Werwolf, der Bridget den ganzen Abend über begrapscht hatte, seine Maske abnahm und sich nicht als Mr Gooch entpuppte, wie wir alle angenommen hatten, sondern als ihr »Toyboy«. Und als wäre das noch nicht genug, sank er auf seine haarigen Knie und hielt um ihre Hand an! Befremdlich. Bridget fiel direkt in Ohnmacht. Es dauerte eine Weile, aber mit einem großen Sherry war sie wieder zu beleben. Schließlich kam sie zu sich, mit dem Diamantring in der Hand, den sie sich irgendwie geschnappt hatte. Dann grinste sie breit und rührselig und schloss die Augen. Ich musste ihr gleich mehrere Ohrfeigen geben. Sie war nicht etwa wieder ohnmächtig geworden, ich hatte nur einfach Lust, ihr eine zu kleben.

NOVEMBER

Freitag, 1. November

Ich kann einfach nicht einschlafen! In Gedanken gehe ich immer und immer wieder den gestrigen Abend durch. Ich sehe nur noch mich und Chuck ganz allein auf dieser Tanzfläche, wie Grace Kelly und Prinz Rainier von Monaco.

Ich kann einfach nicht einschlafen! Lautstark geht Bridget immer und immer wieder den gestrigen Abend durch. Ich sehe nur noch sie und diesen Amerikaner ganz allein auf der Tanzfläche, wie die Queen mit einem ihrer Corgis.

Samstag, 2. November

Ich könnte die ganze Welt umarmen! Ich bin keine traurige, alte Schachtel mehr, die sich nur noch auf den Tod freuen kann. Ich werde geliebt und begehrt vom wundervollsten Mann der Welt, der seine eigene Firma hat, seine eigene Ranch und seine eigenen

Zähne! Fast kommt mein Herzschrittmacher da ins Stottern. In meinen Augen brennt die Liebe, obwohl das auch ein Glaukom sein könnte.

Montag, 4. November

Wieder ein traumhafter Tag mit Chuck. Nach einer schönen Tasse Tee sind wir auf ein Heim für obdachlose Labradore und »Die weite Welt der Zahnprothesen« gestoßen.

Wieder ein traumhafter Tag ohne Bridget. Nach einer schönen Tasse Tee bin ich auf Jack the Rippers Taschenuhr und Charles Mansons Bart gestoßen.

Dienstag, 5. November

Heute gibt es Feuerwerk! Mein absoluter Lieblingsabend – überall nur Geknalle und Geballer. Joan ist natürlich nicht so begeistert. Sie regt sich schnell auf, wenn es laut wird und andere sich amüsieren.

Heute ist Guy-Fawkes-Day, und es gibt ein Feuerwerk! Weiß gar nicht, wieso Bridget meint, es sei ihr absoluter Lieblingsabend – bei all dem Geknalle und Geballer wundere ich mich, dass er sich für sie von anderen Abenden unterscheidet.

Mittwoch, 6. November

Hatten einen sehr erfolgreichen Tag mit der Sammelbüchse draußen vor dem Postamt. Wahrscheinlich weil wir so echt und glaubhaft rüberkamen. Wir haben fünfundzwanzig Pfund für Mrs Wilsons Beerdigung gesammelt.

Ein Segen, dass Bridget mit ihrer Sammelbüchse so viel Geld eingenommen hat. Jetzt gibt sie dem Bestattungsunternehmer ja vielleicht Mrs Wilsons Leiche wieder.

Donnerstag, 7. November

Ich hätte gedacht, dass Bridget durch ihre Beziehung zu diesem Cowboy etwas ruhiger wird, aber es ist schlimmer als je zuvor – unablässig blättert sie in Hochzeitszeitschriften und übt immer wieder ihre neue Unterschrift. Bridget Dubois – wie abgeschmackt! Zumindest habe ich jetzt mehr Zeit für meine Serienkiller. Also, wo hatte ich gleich noch mal den Bart von John Wayne Gacy hingelegt …?

Samstag, 9. November

Mrs Sharples hat uns eine von diesen neuen Einstiegsbadewannen besorgt. Bin nicht gerade beeindruckt – hinterher stand der Boden trotzdem unter Wasser!

Habe Bridget eben erklärt, wie Einstiegsbadewannen funktionieren. Das Entscheidende ist wohl, dass man nicht einsteigt, wenn ich schon drin sitze!

Mittwoch, 13. November

Wieder so ein schöner Tag mit Chuck. Haben viel geschafft – »Die ganze Welt der Keramik« und die Perückerei in Dinnington, und es war eine hübsche Überraschung, in Upper Prestwick den Offiziellen Fanclub von Dame Judi Dench kennenzulernen.

Wieder so ein schöner Tag ohne Bridget. Habe viel geschafft – Ted Bundy und den Salzsäuremörder, und es war eine hübsche Überraschung festzustellen, dass Jeffrey Dahmer sich unter der Kommode versteckt hatte.

Samstag, 16. November

Liebes Tagebuch, tut mir leid, dass ich dich vernachlässigt habe. Ich fürchte, es steht jemand zwischen uns, der mir vollkommen den Kopf verdreht hat. Ich weiß gar nicht, wieso ich meine Zeit damit vergeudet habe, Bingo zu spielen, vor dem Fernseher zu sitzen und mit Joan in diesen albernen, kleinen Park zu gehen. Und wenn ich an die unzähligen Vanillecremetorten denke, die wir immer gefuttert haben – wie Chuck sagt: Eine hübsche, junge Frau wie ich muss aufpassen, dass sie sich nicht gehen lässt, besonders wenn sie Heiligabend heiraten will!

Montag, 18. November

Das Spannendste am Heiraten ist für ein Mädchen wohl die Wahl ihres Hochzeitskleides. Das könnte ich natürlich niemals ohne Joan tun. Sie wäre am Boden zerstört, wenn ihr der größte Spaß von allem entginge, also habe ich für uns beide einen Termin bei *Braut & Kleid* vereinbart, mit Prosecco und Erdnüssen und Bruno, dem Chef-Hochzeits-Stylisten. Ich freue mich schon auf Joans Gesicht, wenn sie sieht, wie ich mich bei der Anprobe drehe wie die Märchenprinzessin, die sie von jeher in mir gesehen hat!

Wenn Bridget von mir erwartet, dass ich acht Stunden dasitze, während sie in jedem einzelnen Brautkleid herumstolziert, das dieser Laden zu bieten hat, hätte sie mir eine Flasche Whisky spendieren sollen, kein Gläschen Schaumwein. Ohne die Erdnüsse wäre die Pleite wohl komplett gewesen. Und als wäre das noch nicht schlimm genug, bestand sie darauf, mein Brautjungfernkleid auszuwählen: eine beklemmende Pseudo-Tudor-Kreation in Lila, komplett mit silbernem Umhang und Wimpel. Für sich selbst entschied sie sich zu Brunos Entsetzen für eine maßgeschneiderte, fürwahr königliche Kombination: die obere Hälfte von Princess Kates Kleid, die untere von Pippa Middletons.

Dienstag, 19. November

Zu jeder Tages- und Nachtzeit ruft Bridgets Verlobter sie an, um sich mit ihr zum nächtlichen Liebesspiel zu verabreden. Allerdings ruft er am besten schon mittags an, damit sie dann auch so weit ist.

Joan ist in letzter Zeit furchtbar grantig, weil ich ein Liebesleben habe. Obwohl ich ehrlicherweise zugeben muss, dass Sex ihr so oder so nicht passt, weder homo noch hetero – sie ist bi-grantig.

Freitag, 22. November

Habe gerade mit Joan eine Dokumentation über Präsident Kennedy gesehen. Sie meinte, dass man nie vergisst, wo man an dem Tag war, als er erschossen wurde. Ich habe ihr gesagt, ich habe mit den Beatles gefeiert. John Lennon war schon immer scharf auf mich. Er hat sogar einen Song über mich geschrieben!

Bridget behauptet, John Lennon hätte ein Lied über sie geschrieben. Bestimmt war es »Give Peace a Chance«.

Samstag, 23. November

Neueste Nachricht von der Hochzeitsfront: Bridget möchte die Westminster Abbey für ihre Trauung. Paul McCartney und Dame Kiri Te Kanawa sollen »Bright Eyes« singen, wenn sie den Mittelgang entlangschreitet, und Bischof Desmond Tutu soll die Trauung vornehmen. Ich habe den Verdacht, dass das alles ein wenig aus dem Ruder läuft.

Sonntag, 24. November

Chuck war mir bei den Vorbereitungen eine große Hilfe. Er hat sogar eine spezielle Hochzeitsliste aufgesetzt, wie sie seiner Ansicht nach für eine Dame von meiner aristokratischen Abstammung angemessen ist:

Schwarze Satinbettwäsche und -kimonos

Prada-Skijacken

Fabergé-Ei

Vergoldete Teekanne

Gucci-Handtasche

Kiste Champagner

Kaschmirbademäntel für Sie und Ihn

Jacht

Montag, 25. November

Ich komme mir so egoistisch vor. Die arme Joan muss sich angesichts unserer bevorstehenden Vermählung schrecklich ausgeschlossen fühlen – eben hat sie mir angeboten, meine offizielle Hochzeitsplanerin zu spielen. Vermutlich dürfte sie ihrem Wunsch, wie ich zu sein, nie näher kommen. Ich habe ihr gesagt, sie soll bloß nicht knauserig sein. Schließlich heiratet man nur sechsmal – und ich möchte, dass es diesmal hält!

Konnte mir Bridgets Hochzeitsgeschwafel von juwelenübersäten Thronen und lila Einhörnern nicht mehr anhören. Wenn sie so weitermacht, ist sie bald wieder blank.

Wider besseres Wissen bin ich also eingesprungen und habe das Ruder übernommen.

Überarbeitete Hochzeitsliste:

Gummibettzeug und Nachtstuhl

Primark-Anoraks

Überraschungs-Ei

Mikrowelle

Jutebeutel

Kiste Brown Ale

Plastikbadematten für Sie und Ihn

Joghurt

Donnerstag, 28. November

Habe mich heute Morgen vom Arzt untersuchen lassen. Chuck meint, das sei unerlässlich, wenn man in unserem Alter heiraten will. Er hat sogar ein paar spezielle Formulare, die ich unterschreiben soll, sobald ich wieder da bin.

Bridget hat mich eben gebeten, ihr mit irgendwelchen Formularen für eine Lebensversicherung zu helfen. Chuck möchte, dass sie die unterschreibt. Man sollte eigentlich meinen, er wäre viel zu beschäftigt mit seiner bevorstehenden Hochzeit – das kommt mir irgendwie komisch vor. Heute Morgen musste ich Bridget sogar zum Arzt bringen, damit sie sich untersuchen lässt, aber in ihrem Alter dauert das nicht lange. Heutzutage hält ihr der Arzt nur einen Spiegel unter die Nase.

DEZEMBER

Sonntag, 1. Dezember

Dezember! Nicht mehr lange bis Heiligabend! Wenn ich mir vorstelle, dass ich mich nächstes Jahr um diese Zeit auf eine texanische Weihnacht freuen werde – was immer das bedeuten mag. Bestimmt Truthahnbraten. Habe neulich *Ist das Leben nicht schön?* gesehen. Welch herzerwärmende Geschichte – ein Mann bekommt von einem Engel vorgeführt, wie die Welt ausgesehen hätte, wenn er nie geboren wäre. Joan weigert sich, den Film zu gucken. Sie sagt, es hat keinen Sinn, seine Zeit mit albernen Fantasien zu vergeuden. Ich frage mich, wie das Leben wohl für Joan ausgesehen hätte, wenn ich nie geboren wäre. Man mag es sich gar nicht vorstellen.

Ich kann es nicht ertragen, mir *Ist das Leben nicht schön?* anzusehen. Ich mag mir nicht vorstellen, wie mein Leben ausgesehen hätte, wenn Bridget nie geboren wäre. Es hat keinen Sinn, seine Zeit mit albernen Fantasien zu vergeuden.

Montag, 2. Dezember

Ich muss sagen, meine Brautkleid-Diät zeigt sehr gute Erfolge!

Heute verzehrte Lebensmittel:

Knäckebrot (4) – 76 Kalorien

Tee mit Zitrone (zwei Tassen) – null Kalorien

Sardinen in Tomatensoße (1 Dose) – 125 Kalorien

Salat (so viel ich will) – null Kalorien

Kleiner, fettarmer Joghurt (1) – 150 Kalorien

Kalorien insgesamt – 351

Ich könnte vor Freude Luftsprünge machen!

Sollte Bridget darauf hoffen, dass sie in dieses winzige Hochzeitskleid reinpasst, wird sie eine strengere Diät halten müssen als bisher!

Bridgets heute verzehrte Lebensmittel:

Buttercremekekse (1 Packung) – 1300 Kalorien

Tassen Tee mit Vollmilch (12) – 252 Kalorien

Große Portion Fish & Chips mit Erbsenpüree und einer Wurst im Teigmantel, dazu Brot und Butter – 2352 Kalorien

Schokoladeneclairs (3) – 780 Kalorien

Kalorien gesamt – 4684

Danach macht sie bestimmt keine großen Sprünge mehr.

Mittwoch, 4. Dezember

Hier war heute was los! Den ganzen Tag hatten wir keinen Fernsehempfang. Ich habe den *Zauberer von Oz* und *Weihnachten mit Perry Como* verpasst! Da stellte sich raus, dass es nur Enid oben auf dem Dach gewesen war, die drohte, sich herunterzustürzen. Wahrscheinlich hat sie die Antenne verstellt, als sie da oben war – ausgesprochen rücksichtslos. Mrs Sharples bat Joan, Enid dort herunterzuholen, weil sie so ruhig und so besonnen ist. Und weil sie ein Luftgewehr hat.

Montag, 9. Dezember

Noch zwei Wochen, bis sich Bridget Golightly in Mrs Bridget Golightly-Dubois III verwandelt! Ich frage mich, wie Joan wohl mit all den Vorbereitungen vorankommt. Habe in letzter Zeit nicht viel von ihr gehört. Ich hoffe, sie hat genug Blumen bestellt, um die Westminster Abbey zu schmücken.

Dienstag, 10. Dezember

Komisch, ich bin so beschäftigt mit meiner bevorstehenden Vermählung, dass ich kaum an Weihnachten gedacht habe. Normalerweise denke ich an nichts anders, sobald der Sommer zu Ende geht. Das einzig Traurige an Weihnachten ist, dass man mit jedem Jahr immer weniger Weihnachtskarten bekommt.

Das einzig Gute an Weihnachten ist, dass man mit jedem Jahr immer weniger Weihnachtskarten schreiben muss.

Freitag, 13. Dezember

Ich war noch nie besonders abergläubisch, aber ich habe gewusst, dass ich am Freitag, dem Dreizehnten, nicht mit Joan über ihre Pläne für meine Hochzeit hätte sprechen sollen. Von Westminster Abbey mal ganz abgesehen hat sie noch nicht mal Desmond Tutu gebucht! Niemals hätte ich den wichtigsten Tag meines Lebens in ihre ungeschickten Hände geben sollen. Wie kann sie erwarten, dass Chuck und ich in diesem hässlichen Standesamt am anderen Ende der Stadt heiraten? Wie erniedrigend! Ich weiß gar nicht, wie ich Paul McCartney in die Augen sehen soll.

Montag, 16. Dezember

Chuck ist wirklich verständnisvoll. Dauernd fragt er, wie es mir geht, und macht Witze darüber, dass ich die Flitterwochen hoffentlich überlebe. Ich habe ihm erklärt, dass er sich da mal keine Sorgen machen soll – ich will nur hoffen, dass er mit mir Schritt halten kann!

Eben habe ich unangemeldet bei Bridget und Chuck reingeschaut. Er nahm gerade ihren Blutdruck und fragte sie, ob es in ihrer Familie Herzerkrankungen gebe. Sie glaubt, er hat nur sie im Kopf, aber ich frage mich langsam, was in seinem Kopf tatsächlich vorgeht.

Mittwoch, 18. Dezember

In dieser Jahreszeit dreht sich bei Mrs Pettit immer alles um Armut, Krankheit oder Tod. Also haben wir ihr im Fernsehen einen rührseligen Weihnachtsfilm angemacht, da hat sie alle drei Probleme gleichzeitig.

Freitag, 20. Dezember

Bridget hat mich eben gefragt, ob ich ihr verzeihen könnte, wenn sie mir in ihrem Testament nichts hinterlassen würde. Normalerweise wäre ich begeistert, weil der Großteil ihrer Habe aussieht, als käme er aus einem Müllcontainer hinterm Lidl-Markt. Ich kann mir nicht helfen, irgendwie scheint mir dieser Texaner dahinterzustecken. Vielleicht sollte ich lieber mal ein Wörtchen mit ihm reden, wenn Bridget sich morgen die Fußnägel lackieren lässt. Nur um meine Zweifel aus der Welt zu schaffen.

Samstag, 21. Dezember

Mir fehlen die Worte! Chuck hat mir erzählt, Joan hätte ihn auf dem Flur zur Rede gestellt. Offenbar hat sie ein Problem mit ihm, aber ihm ist völlig schleierhaft, was das sein könnte. Na, wenn sie ein Problem mit ihm hat, dann hat sie auch ein Problem mit mir! Und wenn ich mir dann noch ihre sogenannten »Vorbereitungen« ansehe, ist wohl klar, dass sie unsere Hochzeit sabotieren will. Und das habe ich ihr mit unmissverständlichen Worten gesagt. Ich habe ihr erklärt, wenn Chuck in diesem Heim nicht willkommen ist, dann ist sie auf unserer Hochzeit nicht willkommen!

Dienstag, 24. Dezember

Zehn Uhr. Der große Tag ist gekommen. Nicht so groß wie ich ihn mir erhofft hatte, dank Joan, aber zumindest werde ich – egal, was passiert – heute Abend eine verheiratete Frau sein. Und inzwischen hat es angefangen zu schneien, sodass das Standesamt auf den Fotos nicht ganz so trostlos aussehen wird.

10:04 Uhr. Der große Tag ist gekommen. Der Tag, an dem ich endlich mein Puzzle vollende, da ich mir Bridgets albernes Schmierentheater nicht ansehen muss. Nur noch ein paar allerletzte Teilchen. Da ist der Fuß der Giftmischerin von Preston … und da ist das blutige Beil von Stan, dem Hacker. Fehlt nur noch der letzte Serienkiller. Wo mag der geblieben sein? Na gut, den suche ich, nachdem ich eine schöne, heiße Tasse Tee gemacht habe, für mich und … oh, nur für mich. Nun, dann geht es eben umso schneller.

13:15 Uhr. Habe endlich das fehlende Puzzleteilchen gefunden! Es lag die ganze Zeit hinterm Sofa, bei Bridgets Ersatzgebiss und der Katze. Und damit ist das Puzzle endlich komplett! Komisch, dieser Stetson kommt mir irgendwie bekannt vor. Ich sehe mal auf dem Karton nach …

»Der Texas Boy, 1930-heute. Berüchtigter Betrüger, Heiratsschwindler und Mörder reicher, aristokratischer Frauen. FLÜCHTIG.«

Solange ich noch ein Wörtchen mitzureden habe, wird er es bald nicht mehr sein! Ich wusste doch, dass ich ihn irgendwoher kenne – muss wohl bei *America's Most Wanted* gewesen sein. Ich sollte lieber die Polizei rufen. Hoffentlich schaffen die es rechtzeitig!

13:53 Uhr. Ein wilder Ritt! In rasender Geschwindigkeit bei dichtem Schneegestöber quer durch die Stadt, über rote Ampeln, im Zickzack vorbei an bepackten Passanten und betrunkenen Weihnachtsmännern, an festlich geschmückten Laternen und leuchtenden Tannenbäumen, zwischen Autos hindurch, voran, immer voran, durch heulenden Sturm und blendenden Schnee, bis ich endlich mein Elektromobil abstellte und ins Standesamt stürmte. Doch ich kam zu spät.

Mittwoch, 25. Dezember

Das ruhigste Weihnachtsfest, an das ich mich erinnern kann. Keine Inszenierungen, keine aufgezwungenen Weihnachtslieder, und da ich meinen Knallbonbon allein aufreißen durfte, musste ich auch nicht auf allen vieren herumkriechen, um den Plastikfrosch zu suchen. Ich konnte mir sogar *Gesprengte Ketten* in voller Länge ansehen. Kein Zweifel, Weihnachten ohne Bridget ist eine gänzlich neue Erfahrung.

Donnerstag, 26. Dezember

Auch der zweite Weihnachtstag war ruhig. Langsam fehlt mir Bridgets unablässiges Geschnatter doch. Aber wenn sie nicht mit mir reden will, ist das ihre Sache. So habe ich Zeit, mir mal wieder eine Serie auf DVD anzusehen.

Freitag, 27. Dezember

Immer noch ruhig. Das geht jetzt schon vier Tage so. Ich frage mich ernstlich, was sich in ihrem kleinen Kopf abspielen mag. Hauptsächlich weil mir die Puzzles ausgegangen sind. Sie hat kein Wort mit mir gesprochen, seit ich sie vom Polizeirevier abgeholt habe. Die Wimperntusche lief ihr übers Gesicht, aufs Hochzeitskleid und schließlich auf den Taxisitz. Sie hat schon immer zu viel Wimperntusche getragen. Von Mr Dubois III war weit und breit nichts zu sehen. Der diensthabende Beamte meinte, er bekäme lebenslänglich, was meiner Schätzung nach in seinem Fall nicht mehr als zwei bis drei Jahre sein dürften.

Montag, 30. Dezember

18:12 Uhr. Okay, es reicht. Gleich nach dem Abendessen gehe ich in ihr Zimmer und trage die Sache ein für alle Mal mit ihr aus. Sie wird mich nicht mit ihrem Schweigen strafen, auch wenn es mir manchmal ganz gut gefällt!

19:20 Uhr. Als ich in Bridgets Zimmer kam, war es leer. Sie saß auf der Toilette. Wie üblich. Während ich auf sie wartete, wurde mein Blick unwiderstehlich von dem Nachtschränkchen angezogen, auf dem ihr Tagebuch lag, für alle Welt einsehbar. Es wäre direkt unhöflich gewesen, keinen Blick hineinzuwerfen …

»Verrat! Wie konnte Joan mir das antun? Hätte sie mir meinen kleinen Augenblick des Glücks nicht lassen können, nach all den Jahren selbstloser Unterstützung und Freundschaft, die ich ihr geschenkt habe? Mir meinen Hochzeitstag mit ihren dummen, kleinen Beschuldigungen zu verderben. Der arme Chuck. Kaum hatte er den Ring seiner Mutter aus der Tasche geholt, flogen auch schon die Türen des Standesamts auf, und zwanzig bewaffnete Polizisten kamen hereingepoltert und stürzten sich auf ihn. Was soll jetzt aus mir werden? Ich sitze für den Rest meines Lebens in diesem elenden Loch fest, das Herz gebrochen und die Träume dahin.«

Dienstag, 31. Dezember

Zehn Uhr. Wollte mir gerade eine Tasse Tee machen, als die Tür knarrte und Joan hereinkam. Sie sagte kein Wort. Sie sank nur schwer neben mir aufs Bett und legte mir einen Arm um die Schulter. So saßen wir da und straften uns gegenseitig noch eine Weile mit Schweigen. Dann erst waren wir bereit, miteinander zu sprechen.

11:00 Uhr. Habe Bridget endlich alles erklärt. Es war nicht leicht, aber das ist so etwas nie – ich habe allein drei Tage gebraucht, um ihr zu erklären, wie der Toaster funktioniert. Am Ende schien sie zu begreifen, was passiert war und wieso ich die Polizei rufen musste, und schließlich, nach ein paar Tränen, brachte sie sogar ein schiefes Lächeln zustande. Dann sprang sie abrupt auf und hastete die Treppe hinunter. Ich folgte ihr, verdutzt wie immer, zum Weihnachtsbaum in der Halle. Nach einigem Herumkramen kam sie schließlich wieder unter den nadellosen Zweigen hervor und reichte mir ein rot glänzendes Päckchen mit einer großen, goldenen Schleife. Ungeduldig trat sie von einem Fuß auf den anderen, während ich es langsam, ein wenig zögernd auswickelte. Zu meiner großen Überraschung war es weder ein Dolly Parton-Sammelteller noch eine smaragdbesetzte Klobürste.

»Gefällt es dir, Joan?«, sagte sie, und ihre kleinen Augen blitzten vor kindlicher Freude. »Ich weiß, dass du von meinen Geschenken manchmal nicht so begeistert warst, aber diesmal wollte ich dir etwas schenken, das dir wirklich gefällt.«

Ich muss sagen, mir fehlten die Worte. Erstaunlich, aber wahr. Da hielt ich es in Händen: ein handgeschnitztes Holzpuzzle aus zweitausend Teilen. Mit einem Bild von Bridget.

Viertel nach neun. Ich freue mich. Joan war so überwältigt von meinem Weihnachtsgeschenk, dass sie sich kurz hinsetzen musste, um sich zu fangen. Ich ließ ihr ein paar Minuten Zeit, bis ich sie fragte, wo sie denn mein Geschenk versteckt hatte. Sie blinzelte noch eine Träne beiseite, bevor sie in ihrem Zimmer verschwand und mit einem kleinen, buchförmigen Geschenk wiederkam. Ich bin so froh, dass wir wieder gut miteinander sind. Neugierig riss ich das Papier ab und fand …

»Oh, Joan, das ist hübsch, aber ich glaube, Tagebuchschreiben ist nicht so das Richtige für mich. Mir scheint, das hält mich auch nicht davon ab, vom rechten Weg abzukommen.«

»Keine Sorge, Bridget«, sagte sie. »Es ist kein Tagebuch.«

»Aber was ist es dann?«, fragte ich verdutzt.

»Sieh es dir genauer an«, sagte sie, und das tat ich.

»Ein Reisetagebuch?«, fragte ich noch verdutzter.

»Ja«, sagte Joan. »Damit du mal so richtig vom Weg abkommst.«

»Aber ich verstehe nicht«, sagte ich.

»Das wirst du schon noch«, antwortete sie mit selbstgefälligem Grinsen auf ihrem großen Gesicht. Sie nahm meine kleine Hand in ihre Pranke und führte mich zur Tür hinaus und über den Kiesweg nach hinten in den Garten. »Frohe Weihnachten«, sagte sie und zog die Schuppentür auf, um mir ein höchst ungewöhnliches Gerät vorzuführen. Ich starrte es eine Weile an, dann blickte ich wieder zu Joan auf.

»Das ist hübsch«, sagte ich. »Was ist es?«

»Ich arbeite schon eine ganze Weile daran«, antwortete sie. »Es ist ein Elektromobil … für zwei.«

Ich sah es mir noch einmal an. Es war das Schönste, was ich je gesehen hatte.

»Steh nicht dumm rum«, sagte sie und reichte mir einen Glitzerhelm mit einem großen B. »Spring auf.«

Ich kletterte an Bord, und sie drehte den Zündschlüssel.

»Aber wo fahren wir denn hin, Joan?«, fragte ich.

»Immer der Nase nach«, sagte sie. »Lehn dich zurück

und genieß die Fahrt.« Sie lächelte auf mich herab, und ich lächelte zurück.

Okay, das war's dann. Es gibt kein Zurück. Nie wieder Mrs Sharples. Nie wieder farbloses, breiiges Abendessen. Nie wieder in einem staubigen Zimmer voller Lehnstühle sitzen und dem Schnarchen und dem Ticken der Uhr lauschen. Nie wieder mitansehen müssen, wie Mr Gooch sich vor dem Fernseher zurechtrückt. Nie wieder graue Tage in grauen Räumen mit grauen Menschen. Da draußen wartet eine bunte, sonnige Welt auf uns und will erobert werden! Zumindest bis die Batterie neu aufgeladen werden muss …

DAS ENDE?